Mizuhara & Soejima
「華麗なるフライト」

Chara

華麗なるフライト

遠野春日

キャラ文庫

この作品はフィクションです。
実在の人物・団体・事件などにはいっさい関係ありません。

目次

華麗なるフライト

口絵・本文イラスト／麻々原絵里依

I

日曜の午後、添嶋和臣《そえじまかずおみ》は久しぶりに映画でも観る気になった。

午前中成田《なりた》まで出かけており、二時過ぎに都内に戻ってきたところである。成田へはウィーン旅行に発《た》つ母親を見送りに行った。要するに荷物持ちだが、普段なかなか時間が取れず、実家の両親には不義理をしている自覚があるので、たまの親孝行になったかと思うとまんざらでもない。めったに運転する機会のないサーブに母親と大きなスーツケースを乗せ、空港まで無事送り届けた帰路、添嶋の心は軽かった。

東関東《ひがしかんとう》自動車道から都心環状線に入り、汐留《しおどめ》で降りる。

休日で人出が多そうなので街中まで乗り込んで駐車場を探すのは避け、勤め先に停めさせてもらおうと考えた。

関係者用の通用門脇《わき》の管理ボックスにいた警備係は、サングラスを外した添嶋の顔を確認すると、ゲートを開けてくれた。普段と違って髪を崩しているせいか、一瞬誰だかわからなかった様子だ。

「今日もお仕事ですか、部長さん？　相変わらずお忙しいですねぇ」

「いや、ちょっと車を置かせてもらいに寄っただけだ」

添嶋はサングラスをかけ直すと、警備係に手を挙げて敷地内に入っていき、なるべく邪魔にならない空き駐車スペースにサーブを停めた。

外はまさに真夏日だ。

立っているだけで体が汗ばんでくるほど日射しが強い。

添嶋は後部座席に置いていたジャケットを手に持ち、高々と聳《そび》え立つ松菱《まつびし》重工ビルの脇にある階段を下りていった。地下へと続く通路だ。

映画館に足を運ぶのは半年ぶりくらいだ。

特別好きではないのだが、見始めるとどんな作品でもそれなりに楽しめる。せっかく外に出ているのだから、早々に一人暮らしをしているマンションの部屋に戻るのも味気ない。適当に何か観て、蕎麦《そば》でも食べて帰るか、と思い立った。

とりあえず有楽町《ゆうらくちょう》に出て最初に目についた映画館に入る。何本か上映されているうちの一本を、時間に合わせて選ぶことにした。

先月封切られたアメリカン・アクション映画だ。

封切りから一ヶ月以上経っている上、ちょうど今、超話題作の続編が別の館で上映されているせいもあってか、電光掲示板によるとすぐ次の回の席がまだ空いていた。

「何をご覧になりますか？」

「十二時四十五分からの『ザ・サーヴィスマン』を」

添嶋の前に並んでいた男も、窓口で同じ映画のチケットを求めている。

涼しげな薄手の長袖シャツに麻織りのスラックス——シンプルだがなかなか趣味がいい。

彼がチケットを受け取って窓口を離れる際、顔が見えた。すっきりとした美貌に目が行き、思わず見惚《みと》れる。

涼やかな目、筋の通った鼻梁《びりょう》、広めの額。むすっとした感じに引き結ばれた口元がいかにも神経質で取っつきにくそうではあるが、ちょっとお目にかかれないくらい端麗な容貌の男だ。歳は二十代後半といったところだろうか。

「次にお並びの方、どうぞ」

ヘッドマイクを付けた係に呼ばれる。

添嶋は我に返って窓口に近寄った。彼の背中をつい目で追い、動きを止めていた。

チケットを購入し、言われたとおりエレベータで九階に上がる。

ロビー内は、売店を利用する客や待ち合わせふうの客で混んでいた。

先ほどの彼の姿は見当たらない。ふと探してしまった自分に、添嶋は、おいおいいったいどういうつもりだ、と我ながらおかしくなった。見ず知らずの男からなぜか興味が去らない。確かにとても綺麗な男ではあったが、それだけでここまで気持ちを持っていかれるのは初めてだ。

いよいよ本格的に独り身が寂しくなり始めたか、と自問する。

添嶋は二十代半ばから三十歳までの五年間、恋人と同棲していた時期がある。その頃は何もかもに積極的かつ貪欲《どんよく》で、仕事でもプライベートでも、手に入れられるものは全部己のものにしたいという気持ちが強かった。

おかげで社内では異例のスピードで出世し続けたが、そのうちだんだん仕事とプライベートの比重に差がつき始め、とうとう仕事のために恋人を蔑《ないがし》ろにしてしまう状態が日常的なものになり、同棲生活は崩れた。

以来五年間、添嶋はずっと恋人を作らずにきた。

別れた恋人に義理立てする気持ちもあったが、何より、次の恋人も同じ目に遭わせてしまうかもしれないという危惧《きぐ》があり、自制が働いた。正直、仕事が非常に面白く、それ以外のことはすべて二の次にしがちだったため、そうなる可能性は高かった。

もう少し仕事が落ち着いてから、と思っているうちに、あっという間にここまできていた感じがする。

おかげで今は、弱冠三十五歳にして旧財閥系松菱重工の部長職に就いている。

それこそ脇目《わきめ》もふらずに仕事一本槍《やり》できた自負はあるが、運にも恵まれていたと思う。たまたま目の前に大きな仕事があったとか、今年の五月、発病による部長の早期退職で突如予想外のポストが空き、そのとき他に適任者がいなかったとか、周囲の環境が作る波にうまく乗ったところも大きい。

添嶋の目標は行けるところまで行って自分の力を試したい、というものなので、部長職も一つの通過地点と捉《とら》えているが、気持ちの上でちょっと一段落着いたのは確かだ。

そのせいか私生活面でも前より余裕が出てきた。去年までの自分なら、会社の近くまで来たら絶対にオフィスに寄っていたはずだ。そして、少しだけのつもりで仕事を始めたら、いつの間にか日が暮れていた、となったに違いない。

心にゆとりが持てるようになったのは、いいことではないかと思っている。添嶋は仕事にしか関心のない人生を歩むつもりはない。もう一度恋もしたいし、できれば人生のパートナーを見つけたいと望んでいる。ただ、一般とは指向が違い女性に興味がないため、なかなかこれはという人と出会えない。出会ったところで相手にその気があるかどうかがまた問題だ。

チケット売り場で見かけた彼は、添嶋にとって、一言も話をしないうちから妙に印象に残る特異な存在だった。だから気になるのだろう。

飲み物もパンフレットも買うことなく、添嶋は劇場内に入った。

場内はまだ照明が落とされておらず、八割方シートが埋まっているのが見て取れた。前方三列と左右両端に主に纏《まと》まった空きがあったが、中程の位置にもところどころ歯が抜けたようにぽっかりと空いている席があった。

添嶋は一人だったので、後方の中央よりやや右手の席に座ろうと、「失礼」と断りを入れつつ、すでに座っている客の前を通って行く。

うまい具合にシートを確保して腰を落ち着けた添嶋は、何げなく反対隣に座って紙コップを傾けている人に視線を向け、おや、と奇遇に驚いた。

彼だ。

見失ったかと思っていたら、再びこんな形で出会《でくわ》した。会いたいと努力しているときには会えないのに、会うはずもないと期待せずにいるときには会う。世間でよく言われる不可思議な法則の通りだ。

まるでティーンエイジに戻ったかのごとく、胸がトクリと鳴る。

真横にいる人の顔をさりげなく見るのは難しい。添嶋はもっぱら彼の細くてしなやかな指にばかり視線をやっていた。きちんと切り揃《そろ》えられた爪一つ取っても、几帳面《きちょうめん》な性格なのが伝わってくる。指輪は嵌《は》めていない。時計はブライトリングで、彼の手首には若干重たげな印象を受けた。

あまり長々と不躾《ぶしつけ》な視線をくれていると気づかれそうだったので、添嶋はスクリーンに目を転じた。

ちょうどそのとき場内の明かりが徐々に絞られていき、ＣＭが始まった。

彼は先ほどからほとんど微動だにせず正面を向いたままだ。

一人で映画に来ているが、あまり楽しげな様子はしていない。単なる暇潰《ひまつぶ》しで、他にすることを思いつかなかったから仕方なくここにいるのだとばかりだ。添嶋も似たようなものだが、彼の場合は目の前でどんな映像が流れていようと、果たして知覚しているのかいないのかも怪しい感じがする。唇の端を少し下げた不機嫌そうな表情は、ずっと変わりそうにないと想像する。

顔はスクリーンに向けていながらも、添嶋は隣に座る名も知らぬ彼のことばかり考えていた。

やがて予告編も終わり、本編の上映が始まる。

ここから先はさすがに添嶋もスクリーンに集中し、彼のことはいったん頭の隅に追いやった。

ポスターのアオリ文句以外には前知識なしで観たのだが、休暇中の軍人がひょんなことから事件に巻き込まれ、派手なアクションを繰り広げるという内容のハリウッド映画で、単純に楽しめる作品だった。

隣の彼は最初から最後まで、ただスクリーンを向いて座っていただけのような感じで、ときおり紙コップの中身を飲むほかは、姿勢を正したまま眠っているのではないかと思うほど動かなかった。

エンドロールが流れ出すのと同時に、次々と観客が席を立ち始める。

彼も立つだろうと踏んだが、そのままじっとしているので、添嶋も黒い画面に流れる白い文字を終《しま》いまで見続けた。

彼を置いて先に立ち去る気にならなかった。

この感情にはうっすらと覚えがある。

中学生の頃、遠くから憧《あこが》れていた綺麗な先輩がいた。一度たりとも口を利いたことはなかったが、姿を見ただけで心臓がドキドキして胸苦しくなる相手だった。

ある日図書館の閲覧コーナーで本を読んでいたら、斜め前の席にその先輩が着いて、レポートを書き始めたことがあった。

あのときも添嶋は上目遣いに先輩をちらちらと盗み見しながら、とうに読み終えた本から顔を上げられずにいた。先に帰ることはもちろん、別の本を取りに席を離れることすらできなかった。先輩の傍《そば》にいる時間を一秒たりともなくしたくなかったのだ。

結局、先輩が先に席を立ったが、一人になってからもしばらくの間、添嶋はその場を離れられず、ぼうっとしていた。

今にして思えば、なぜ一言くらい話しかけなかったのかと己の不器用さに呆《あき》れるばかりだが、当時はただもう憧れの人が近くにいるというだけで舞い上がったのだ。

もう二十年以上昔の話だ。

添嶋はそれを今日、久々に思い出していた。

あの頃と今では添嶋も変わっている。今ならきっともっとうまくやるだろう。ただ手をこまねいて見ているだけではなく、より深く相手を知ろうとし、相手にも自分を知ってもらう努力をする。

大切なのは心が動いたという事実だ。

添嶋の場合、これはめったに見舞われる感覚ではない。

遥か昔のことに思いを馳《は》せるうち、上映は終了し、場内が明るくなった。

四割程度残っていた観客も次々に立ち上がり、映画の感想を述べるなどしてざわめきつつ出口へと流れていく。

添嶋もシートの間を抜けて通路に出た。

背後には彼がついてきている。

振り返って顔を合わせたい誘惑に駆られたが、なかなかそれをする勇気は出なかった。彼の警戒心を煽《あお》ることになりそうだ。せめて上映前に一言二言交わしていたならまだしもである。

この期に及んで、なぜそうしなかったのかと添嶋は後悔した。お互い一人客同士なのは明らかだったのだから、当たり障りのない会話をするくらい、それほどおかしくなかったはずだ。彼を意識しすぎるあまり、そんなふうに頭を働かせることもできなかった。結局こういう面に関しては中学の頃から進歩していないのかと、がっくりくる。

出口へ向かう緩やかなスロープ状の通路を歩いていたときだ。

突然、後ろにいた子供が甲高い声を上げながら傍らを走り抜けていき、驚いた母親が「ちょっと待ちなさい！」と慌てて追いかける事態が起きた。

背後にいた彼は焦った母親に不意にぶつかられ、背中を押されたようだ。

「あっ」

低い声がしたのと同時に、水状のものがバシャッと添嶋の腰のあたりにかかった。

「すみません」

添嶋が振り返ったのと、彼が謝ったのとがほとんど同じタイミングだった。

ジャケットの背中から裾にかけて、彼が手にしていた紙コップの中身を引っかけられてしまったようだ。

おかげで添嶋は堂々と彼と向き合うきっかけができた。

災い転じてなんとやらだ。

「僕が不注意でした。クリーニング代、お支払いしますので」

「べつにいいですよ。あなただけのせいじゃなかったのは知ってます。中身、烏龍茶《ウーロン》だったんでしょう?」

「ええ、でも」

こういうことは後腐れなくきちんと解決しておきたいらしく、彼は綺麗な形の眉根を寄せて困った顔をする。

それまでむすっとしているばかりで今ひとつ感情がわかりにくかった彼の顔に、ようやく表情が加わった。添嶋は役得だなと思って口元を綻《ほころ》ばせた。もっといろいろな表情を見たくなる。

添嶋は脱いだジャケットを畳んで腕に掛けた。

「失礼ですが、この後お暇ですか?」

「少しなら」

成り行きから彼はある程度融通を利かさなければ収まりがつかないと思ったのか、いささかそっけなくではあったが、添嶋に付き合う意を示す。

「それじゃあちょっとだけお茶をご一緒してくれますか」

ジャケットのことはそれでケリが着いたことにしますよ、と続けると、彼はしばらく思案する間を作った挙げ句、「わかりました」と了承した。変なことを言う人だなと多少なりと警戒したに違いない。しかし、とりあえず添嶋を信じることにしたようだ。

なんだか弱みに付け込んだ感じがしないではないが、添嶋はせっかくの機会を棒に振る気はなかった。

エレベータで一階まで下りて、近くの路地裏にある昔から営業している喫茶店に彼を連れていく。

名前を聞いたのは、使い込まれた木製のテーブルを挟んで向き合ってからだ。

店内はそこそこの客入りで、腰を据えて話をするにはうってつけの環境だった。ここはコーヒーの味も絶品だ。

「瑞原《みずはら》です」

勿体《もったい》ぶることなく、彼はさらりと教えてくれた。

図々しく下の名前も聞いた。朔也《さくや》というそうだ。瑞原朔也。いかにも彼に似合いの綺麗な名前だった。

「俺は添嶋和臣」

べつに聞かれはしなかったが、礼儀として添嶋も名乗る。

瑞原はべつにどうでもよさそうで、相槌《あいづち》の一つも打たない。

半ば強引に誘って連れてきたが、本音は迷惑しており、早く帰りたいのかもしれない。瑞原の機嫌はお世辞にもよさそうではなかった。だが、案外いつもこんなふうなのではないかという気もする。めったなことでは笑顔にならなさそうだ。

お勤めはとか、年齢はとか、プライバシーに触れる質問をしたところで答えてくれそうになかったため、添嶋はさっき二人が観た映画の話題を会話の糸口にした。

「きみは映画はよく観るの？」

「いいえ、あまり」

「なら今日はたまたまだったわけか」

「家にいてもすることがなかったので」

瑞原の返事は端的で、まるで話に広がりが出ない。

少なくとも営業関係の仕事ではないなと添嶋は推察した。医者か弁護士か研究職か、いわゆる専門職に就いている匂いがする。どちらかといえば人とほとんど関わらなくていい技術系だろう。

あまりの愛想の悪さに、添嶋はいっそ面白味を感じてきた。

「きみはいつもそういう喋《しゃべ》り方をするの？」

「は？」

意味が摑《つか》めなかった様子で瑞原は眉を顰《ひそ》めた。

「あぁ、いや、なんでもない。気にしないでくれ」

添嶋は運ばれてきたばかりのコーヒーカップを持ち上げると、熱くて火傷《やけど》しそうなマンダリンを飲んだ。

向かいで瑞原は手持ち無沙汰《ぶさた》そうにしている。

やはり付き合うと了承するのではなかった、早く切り上げて帰りたい、そう思っているのが肌に感じられる。

瑞原は自分をごまかしたり取り繕ったりしないタイプのようだ。話をしたくなければ口を噤むし、居心地が悪ければ落ち着かない素振りを示す。

他に話題を振っても反応は期待できそうにないので、添嶋は仕方なく映画についてもう少し聞くことにした。

「さっきの映画、楽しめた?」

「いいえ、全然」

どうせまた「はい」か「いいえ」かどちらか一言返事をするだけだろうと予測していたが、瑞原は憤懣さえ感じさせる口調でぴしゃりと答え、言葉を足した。

「途中までは、ありきたりのハリウッド映画だなと思って漫然と観ていましたけど、後半のクライマックスに至る機内での騒動は、あまりにも現実を無視していて荒唐無稽《こうとうむけい》です。僕は腹が

立ってたまりませんでした」

「航空機の中で乱闘を繰り広げた挙げ句どうにか敵を捕まえたものの、機長と副操縦士は食後のコーヒーに睡眠薬を入れられて熟睡していた。空港付近まではオートパイロットで操縦していたが、このままでは着陸できないので主人公が替わって手動で操縦し、無事滑走路に下りて大団円、というくだり？」

航空機が出てきた時点で概《おおむ》ね予測のつく、お定まりの展開だ。

「まぁあんなものかなと俺は単純に楽しんだが」

「どこがあんなものなんでしょう。僕に言わせれば穴だらけです」

先ほどまでの無口さはどこへやら、瑞原は腹立たしげに言う。

すっとした切れ長の涼しげなまなざしが、怒りを孕《はら》んできつくなっている。どうやら真剣にむかついているようだ。

思わぬところでエキセントリックさを露《あらわ》にされ、添嶋はますます瑞原への関心を深めた。ツンと澄ました白皙《はくせき》の下には、意外な熱さが隠れているようだ。それでもあくまで声を荒らげたりせず、感情に任せるというより理詰めで攻めようとするところに、添嶋は自分と似たタイプなのを感じ、親近感を持つ。

「飛行機が自動で空港に着陸するためにはいろいろな資格が必要なので、あの場合手動で降りなければならなかったというのは間違っていません。ですが、いくら軍で戦闘機に乗っているからといって、いきなりジャンボ旅客機を操縦してあんなに完璧《かんぺき》に着陸させるなんて不可能です。本職で旅客機を操縦しているパイロットだって、機種が替われば最初から訓練を受け直して試験に合格しなければできないのに」

「まぁ確かにそうだな」

添嶋は神妙に頷《うなず》いてみせた。

所詮《しょせん》フィクションだと捉えて添嶋自身は深く突っ込まなかったが、確かにあれは無理がある設定だ。

他機種の操縦が難しい一番の理由は、操縦席の高さの違いだと聞く。こればかりは経験を重ねて体得するしかないそうだ。操縦席の高さはだいたいビルの三階か四階程度に達する。そのため、離陸や着陸、地上滑走の際、パイロットには足元がどうなっているのかわからないわけである。着陸のとき、脚が滑走路面から今どのくらいの高さまで来ているか、直接自分の目で確かめられないとなると、勘と計器の示す数値に頼るほかない。その正しい勘を得るために経験が必要なのだ。

瑞原は打って変わった饒舌《じょうぜつ》さで文句を重ねる。

「急減圧があったにもかかわらず酸素マスクは下りてこないとか、ほかにも細かな点で挙げ連ねたいことは山ほどあります。暇潰しに映画館に入ったのに、退屈しのぎになるどころか、苛《いら》立《だ》ちが募って精神衛生上最悪でした」

「おまけに帰りは帰りで、俺みたいな男に付き合わされて飲みたくもないコーヒーを飲まされるはめになるし？」

添嶋のあけすけな物言いに、さすがの瑞原も返事に詰まったらしい。

「そんなふうには思っていません。ご迷惑をおかけしたのはこちらですから」

瑞原は決して言い訳はしない。他人のせいにすることもなかった。実際、あのときは瑞原も子供の母親にいきなりぶつかられた被害者だった。自分だけが悪いわけではないと本人も認識しているはずだが、それを添嶋の前では言葉にも態度にも出さないのだ。

こういう潔さは清々《すがすが》しくて、添嶋は好きだ。

気難しいところがありそうだし、愛想がなくて少々高飛車な部分もちらほら見受けられるものの、添嶋にとって瑞原はますます気になる存在になっていた。

しかし、相変わらず話は弾まず、コーヒー一杯飲み終わると、もう瑞原を引き止めておくことはできなくなった。

自分の分のコーヒー代を払おうとする瑞原を押し止め、添嶋は、ここは自分が誘ったのだからと、レジで纏めて支払いを済ませた。

昼間よりは若干気温の下がった戸外に出る。

駅はすぐそこに見えていたが、このまま連絡先も聞かずに別れるのは心残りで、添嶋は未練がましいのを承知で瑞原を誘ってみた。

「もしよかったらこの後一緒に食事にでも行かないか？」

「それより家で奥さんの手料理でも食べた方がいいんじゃないですか」

珍しく瑞原が俗っぽい発言をする。

「結婚はしていない。俺は一人暮らしなんだ」

だから食事に付き合って欲しい、と暗に求めたつもりだが、瑞原は木で鼻を括《くく》るような返事をする。

「では、僕なんかよりもっと気心の知れた方を誘ってみては？」

取りつく島もないとはまさにこのことだ。

添嶋はフッと溜息《ためいき》をつき、苦笑した。

「もしかすると、俺はきみの最初の提案どおり、クリーニング代をもらった方がよかったのかな」

そうすれば当然連絡先を教えてくれるだろう。瑞原はとにかくガードが堅そうで、理由もなしに住所や勤め先を聞ける雰囲気ではない。

添嶋はそういう意味合いで言ったのだが、瑞原は単純に嫌みと受け取ったようだ。ムッとした表情になり、添嶋を軽く睨み上げてくる。十センチまではいかないにしても、それに近い身長差があるので、並んで立っていると自然と瑞原が添嶋を振り仰ぐ形になる。

「なんだったら、今からでもお預かりしましょうか？　お名刺をいただければ、仕上がり次第ご希望のご住所にお送りしますよ」

「いや、いいよ。そんなつもりで言ったんじゃない」

添嶋は不用意な発言をして瑞原を不快な気分にさせたのを、悪かったと反省した。最初の印象どおり、瑞原は神経質で几帳面な質《たち》らしい。おまけに気も強そうだ。

それでも添嶋は面倒な男だと敬遠する気にはならなかった。どんなふうに関わっていけば心を開かせられて親しくなれるのか、むしろ攻略するのが愉《たの》しくなる。壁が高ければ高いほど闘志が湧《わ》いて情熱を傾ける。添嶋は昔からつれない相手をあの手この手で搔《か》き口説き、自分の側《がわ》に引き込むのが好きだ。もっともこれは企業に対しての話で、個人にこうした感情を持つのは今度が初めてである。

「クリーニング代はいいんだが、よかったら携帯電話の番号だけ教えてくれないか」

回りくどくそれらしい理由付けをするのはやめて、添嶋は直球で瑞原に頼んだ。

瑞原の瞳が虚を突かれたかのように瞠《みは》られる。

「何のためにですか？」

たちまち瑞原は警戒心を強めて声を尖《とが》らせ、添嶋を見るまなざしに胡散臭《うさんくさ》さが加わる。

「また会いたくなるかもしれないから」

この際だったので添嶋はしゃあしゃあと言ってのけた。

瑞原は当惑したように睫毛《まつげ》を揺らし、そのままフイと顔を横向けた。

額の端に落ちかかった髪を搔き上げる仕草に、添嶋はこんな場合にもかかわらず魅せられた。動きに品があって器用そうな指だ。顔立ちが整っていること以上に、添嶋は指の綺麗な人に惹《ひ》かれる。

「違っていたら謝りますけど、これっていわゆるナンパですか？」

視線を逸《そ》らしたまま瑞原は半信半疑の口調で聞いてくる。ナンパなどという言葉を口の端に乗せたのは初めてと思《おぼ》しきぎこちなさだ。ずいぶん品行方正に育ってきたらしい。

いったいどこの御曹司《おんぞうし》だと、添嶋は微笑ましく感じて瑞原をとっくりと見据える。

あながち外れていないため「いいや」と否定するのは憚《はばか》られる。

「どうかな」

添嶋は自分でもよく己の気持ちが把握し切れていなかったので、曖昧《あいまい》な語調になった。

「だとしたら軽蔑するか？」

これには瑞原は返事をせず、代わりに十一桁《けた》の番号を口早に言った。

唐突だったので添嶋は不意を衝かれ、危うく最初の方を聞き逃すところだった。瑞原もなかなか人が悪い。

「俺の番号も教えておこうか?」

「いいえ、結構です」

にべもなく断られる。

愛想のかけらもない返事に添嶋はむかつくより笑いそうになった。誰に対してもこういう態度なのか、それとも添嶋にだけなのか、じっくり確かめたくなる。

「きみは面白い人だな。やっぱりちょっと食事に付き合わないか。それともきみの方こそ奥さんが待っている?」

「さぁ」

瑞原は迷惑そうな顔ではぐらかすと、「それでは、これで」と切り出した。

そのまま踵《きびす》を返して行ってしまうかと思いきや、瑞原はふときまりが悪くなったような顔をして、躊躇《ためら》いがちにもう一度口を開く。いささか冷淡にあしらいすぎたと気が咎《とが》めたのかもしれない。

「……明日、仕事があって朝早いので」

「そうか。残念だ」

添嶋は本気でそう感じているのを語調に込めつつも、これ以上しつこくすることなく引き下がった。

瑞原の目が心持ち柔らかくなる。

べつに変な男ではないのだな、と添嶋に対する見方をあらためたようだ。

「ジャケット、本当にすみませんでした」

最後はきちんともう一度詫《わ》びてくれ、瑞原は一礼して立ち去った。

細くてすらりとした姿勢のいい後ろ姿を、添嶋はその場に佇《たたず》んでしばらく見送った。

結局三十分程度コーヒーを飲みながら向き合っていただけだったが、添嶋は思い切って誘ってよかったと思っていた。

取りあえず連絡先も聞けた。

まだこれから縁が続く可能性は大いにある。

駅に向かって歩きながら、せっかく最後に瑞原の方から仕事の話を持ち出したのだから、職業はなんなのか聞いてみればよかったなと、添嶋は悔いた。

手放しで感じのいい男だとは言えないが、添嶋はああいう気難しげで付き合うと手こずらされそうなタイプが嫌いではない。張り合いがあって面白いと感じる方だ。

もう何年も、プライベートで胸がざわつくことがなかったため、今日の出会いは鮮烈だった。

できればもう一度会って話がしたいと思う。

ホームに上がって電車を待つ間、添嶋は記憶していた瑞原の携帯番号を、自分の携帯のアドレス帳に登録した。

すぐにでもかけてみて、本当に通じるかどうか試したい心境だったが、それではあまりにも余裕がなさすぎる気がしてやめておいた。瑞原も、きっと歓迎しないだろう。

いわゆるナンパですか、とストレートに聞いてきた瑞原の声が脳裏に響く。

添嶋はフッと苦笑しながら、やはりこれは人生初めてのナンパになるのだろうか、と考えていた。

Ⅱ

ホノルル・成田間のフライトの復路、瑞原はコックピットで機長の右側に座っていた。操縦はオートパイロットにセットしてあり、機長の渡貫《わたぬき》は座席をリクライニングさせ、フットレストに両足を載せて寛《くつろ》いでいる。

飛行開始からすでに六時間が経過した。

ホノルル国際空港を飛び立ってからこれまで特に大きな揺れもなく、航空機は順調に巡航飛行を続けている。

コックピットにいるのは渡貫と瑞原の二人である。Ｂ７４７－４００は2マン・クルーだ。コンピュータ化が進んだため、航空機関士が不要になった。

三畳程度の狭いコックピットは、お世辞にも心地よいとは言えない微妙な静けさに包まれていた。

瑞原はもともと口数が少なく、お世辞を言ったり冗談に付き合ったりするのが不得手なタイプだ。ベテラン機長の渡貫はそういう面白味のない副操縦士《コーパイロット》が好きではないらしく、四日前、成田を出立する前に運行管理室で顔を合わせたときから、二人の間はなんとなくぎくしゃくしていた。

二人で組むのは三度目だが、渡貫にとって瑞原は、何を考えているのかさっぱりわからない、喋り方がいちいち鼻につく、妙に落ち着きすぎていて可愛げがない後輩らしく、これまでにもしばしば当てこすりや皮肉といった形で、気に食わないという意思表示をされていた。

ブリーフィングを始める前、渡貫は一度わざとらしい溜息をついてみせてから、ディスパッチャーが作成したプロッティング・チャートを基に飛行ルートの検討に入った。ルートの選択は、ディスパッチャーから提示された上層風分布図や悪天候予想図を参照して渡貫が行った。さらに巡航高度の取り方や予定飛行時間、現地の予想天候、ノータムからの情報の有無など詳細な打ち合わせをする間、瑞原は基本的に渡貫とディスパッチャーが交わす遣り取りを、口を挟むことなく脇で聞いているだけだった。航空機の操縦にかけては渡貫は大先輩だ。瑞原も信頼している。渡貫に快く思われていないのは承知しているが、だからといって瑞原の側は渡貫に対してどんな含みも持っていない。

無事ホノルルに到着し、向こうで二泊していた間も、瑞原はクルーの誰とも行動を共にせず、渡貫の機嫌をさらに損ねたようだ。本来は、到着した日の夕食は皆と一緒にレストランに行く予定になっていたのだが、部屋で休んでいる間に体調が万全ではないと感じたため、キャンセルした。無理をして帰りのフライトに悪影響を及ぼしては皆の迷惑になる。自分の体を考えて自重したのだが、古いタイプの機長の渡貫には、団体行動のできない自分勝手な男だと見なされ、不興を買ったらしい。

この分では復路のコックピットは往路以上に気まずくなりそうだと覚悟していたが、案の定だった。

離陸、上昇の忙しく緊迫した状況においては、お互いプロフェッショナルに徹し、機体を安全に飛び立たせることにだけ神経を集中しているため、他のことに気を回す余裕はない。離陸と着陸の前後は、コックピットクルーは私的な会話をいっさい禁じられている。

離陸後およそ二十分ほどで巡航高度に達して機が水平飛行に入ったところで、ようやく緊張が緩む。エンジン推力が減少し、風を切る音も少なくなって、コックピット内はぐっと静かになる。頃合いを見て機長がキャビンのベルト着用サインをオフにすると、後は計器を監視しながら目的地までの長い航行をひたすら乗りきるだけだ。

巡航に入ると、クルー同士で他愛のない会話が交わされだす。喋っていると眠気防止になるし、ある程度コミュニケーションを取っていた方がお互いの理解が深まり、緊急事態が発生した際に意思の疎通が図りやすいこともあるだろう。

しかし、渡貫は虫の好かない副操縦士に構うつもりはないらしく、寛いだ姿勢になるとむっつり黙り込んだまま、窓の外や計器類に視線を当てている。

真面目で実直な機長なのだ。ただ、昔気質で、コーパイロットはすべからくキャプテンの指示に従うべきだと、職務以外でも「命令」を通したがるところがある。瑞原のようにドライでプライベートと職務を分けたがる男とは相容れないのだ。

瑞原自身はそれほどクールに振る舞っているつもりはないのだが、言い方がそっけなかったり、口数は少ないがいざ喋ると思ったことを率直に言葉にしてしまうため、機嫌を損ねる者がときどき出てくる。

二十七歳、独身のパイロットとなると、周囲はとかくプライベートを詮索《せんさく》したがる。瑞原はフライトのたびに必ずといっていいほど結婚相手はいるのかいないのかと聞かれ、いい加減辟《へき》易《えき》していた。女性には興味がないので放っておいてくださいと喉《のど》まで出かけるのだが、それを言えばかえって望まぬ評判が立ちそうで面倒だ。「いいえ、まだ」と迷惑そうな顔をして手短に答えるのが話も続かず楽なのだが、相手によってはそれを生意気で無愛想だと不快に受け止める者もいる。

結婚の予定の次によく受けるのが、なぜパイロットになったのか、という質問だ。

そもそもの動機は単純で、叔父がパイロットで、国内はもちろん世界のあちこちを飛び回っている様子を目の当たりにしていたので、パイロットという職業が身近だったからだ。

他になりたいものを思いつけなかったため、大学に二年間通って航空大学校の受験資格を得た後、合格して入校した。

瑞原は副操縦士として乗務し始めて四年目だ。

若干神経質なところはあるのだが、几帳面で冷静で、常に先を見越して行動し、咄嗟《とっさ》の判断力が的確で、パイロット向きだと教官たちから言われてきた。

瑞原も航空機の操縦は好きだ。ちょっとした手の動かし具合、足の踏み込み方次第で巨大なジャンボ機を意のままに操る感覚は、他ではなかなか得られないものではないかと思う。

パイロットになってみて、思った以上に厳しいと痛感するのは体力面だ。健康を維持し続けなければならないのはもちろん、国際便に乗るときには時差というやっかいなものの影響を受ける。

いったん乗務スケジュールが決まったら、それに穴を開けるのは厳禁のつもりで体調を管理していかなければいけないので、二日間休みがあっても一日は必ず体を休める日にし、あと一日も、食べ過ぎたり飲み過ぎたりは慎み、夜も早めに休む習慣をつけている。

そういった自己管理が瑞原にはあまり苦ではないので、特にストレスも溜《た》まらない。

学生時代から不摂生はしたことがなかった。試験勉強をしているときですら、普段通りに午前零時までには就寝し、体調を調えて臨むという、優等生のお手本のような生活をしてきた。

親が厳しかったわけではなく、瑞原自身がそういうふうにするのが楽なのだ。

おかげで傍《はた》からは、取っつきにくくて澄まし返った、鼻持ちならない男だと捉えられることが多い。

瑞原も自分のことをそう思う。

計器に抜かりなく目を光らせ、レシーバーから傍受する無線に耳の神経を向けながら、瑞原は日曜日に知り合った男のことを頭に浮かべた。

映画館で変な関わり方をしたあの男——添嶋和臣にもたいそう感じの悪い態度を取っていたはずだ。しかし、珍しく彼は最後まで瑞原に嫌気が差さなかったらしい。ちょっと強引なところもあったが、無理強いするわけではなく、基本的に礼儀正しくて当たりの柔らかな男だった。

添嶋にも話したとおり、瑞原が映画館に行ったのは、他にすることもなく気が向いたからだった。久しぶりに街に出たところ、人出の多さと炎天下の暑さにやられそうになり、一休みしたくなったとき目についたのが映画の看板だ。映画にはほとんど興味なかったが、周囲を気にせず二時間超座って涼める場所を他に思いつけなかったこともあり、とりあえずチケットを買って中に入ってみた。

そこでたまたま隣り合わせに座ったのが添嶋だが、瑞原は後から隣の空席に座りにきた彼を横目で一瞥《いちべつ》した際、背が高くて趣味のいい格好をした、スマートそうな男だなと思った。

こういう男でも一人で映画を観にくるのかと意外な気がしたほど添嶋は見栄えのする男で、仕事も遊びも悠然とこなしていそうな印象だった。

パイロット仲間の内には添嶋と同じ匂いのする者がいるが、彼らはだいたいエリートだ。弁護士資格があるのに民間航空会社の養成コースを経てパイロットに転身したとか、航空自衛隊で戦闘機に乗っていたとか、ひと味違う経歴をさり気なく持っている。

添嶋からも何かそんなふうな、一般人とは違うオーラが出ているようで、瑞原は一瞬気を惹かれたのだろう。

もっとも、上映が始まると瑞原の頭から添嶋のことは自然と失せた。

べつに映画に夢中になったからではない。よくあるアクション映画で、退屈しない代わりに得るものもないという、娯楽映画のお手本のような作品だった。後半、航空事業関係者として純粋に腹の立つ描写も多々あって、正直面白いとは思えなかった。涼めて、渇いていた喉をお茶で潤せたのはよかった、と映画の内容はそっちのけにして自分を納得させた。

不測の事態が起きたのは、場内を出るときだ。

あれには瑞原もほとほと参った。いきなり後ろからドンと強く背中を押され、そのままつんのめって、前にいた添嶋の服に飲み残しの烏龍茶を引っかけてしまったのだ。

添嶋も驚いただろうが、瑞原もあまりのことに唖然《あぜん》とした。

百パーセント瑞原が悪いわけではなかったが、言い訳するのはみっともないし、瑞原が手にしていた紙コップの中身が添嶋のジャケットを汚してしまったのは事実なので、潔く謝った。添嶋も成り行きを承知していたらしく、クリーニング代はいらないと穏やかに言ってくれた。その代わり、よかったら喫茶店に付き合って欲しいと求められたのだ。

初対面の男同士で喫茶店。珍しいことを言う人だと思ったが、悪い印象は抱いていなかったので、瑞原はなんとなく添嶋についていった。

今考えると、コーヒー一杯くらいならと承諾する気になったのは、いつもの瑞原らしくなかった。

普段であれば、いくら服を汚してしまった手前バツが悪かったとしても、断って帰ってきていたと思う。瑞原は最低限の誠意は見せたのだから、それを不要だと添嶋が言うのなら、そのまま「それじゃあ」となってもよかったはずだ。

添嶋はその後さらに食事にまで誘ってきたが、瑞原からすれば喫茶店に付き合っただけでも稀《まれ》なことで、さすがにそれは悩むことなく断った。翌日の昼過ぎには成田に向けてマンションの部屋を出なくてはならなかったため、いつもの習慣からしても夕方には戻っておくつもりだったのだ。出張に必要な私物のチェックもしなければならなかった。

いったい添嶋は瑞原のどこをどう好ましいと感じたから、お茶だの食事だのに誘う気になったのか、見当もつかない。

瑞原はあまり友好的な言動はしなかったと自覚している。それどころか、高慢で鼻持ちならないと敬遠されても仕方のない態度だったと思う。特に、映画の内容についてけなしたときには、職業柄つい口調に棘《とげ》が出てしまい、添嶋はいささか退《ひ》き気味だった。

物好きで変わった男だ。

もしかして留守中に電話をかけてくれたのだろうか。瑞原は私用の携帯電話を自宅に置いてきた。添嶋が本当に連絡してきたとしても、ずっと電源が切れたままの状態だったわけだ。ホノルル出張で四日ほど日本を留守にすることはわかっていたが、あの場で瑞原が添嶋にそこまで親切に断っておく義理はなく、何も知らせなかった。番号は教えたものの、いざかけてみれば繋《つな》がらないのでは、まるで瑞原が添嶋を避けているかのようだ。添嶋は今頃気を悪くしているかもしれない。

そこまで考えてから、瑞原はフッと自分らしくなさに心の中で苦笑した。

何を気にしているんだ。添嶋にどう思われようと構わないではないか。彼は、言ってみればほんの少しだけ縁のあった、単なる行きずりの男だ。たとえ電話がかかってきたところで、適当に躱《かわ》して二度と会うつもりはない。

キャビン・アテンダントが運んできてくれた軽食を、渡貫は五分で平らげた。

渡貫の後、瑞原も急いで済ませる。

飛行開始からおよそ七時間後。

コックピットに着陸前の緊張感が増してきた。

それまでＨＦで東京《とうきょう》レディオと交信していたが、ＶＨＦでの交信が可能になったため、東京国際対空通信局との交信に切り替える。

瑞原は成田空港のＡＴＩＳに周波数を合わせ、滑走路や気圧、風向、風速などといった着陸に必要な情報を聞き、さらにそれをＡＣＡＲＳ経由で機上プリンターに打ち出す。

「キャプテン」

渡貫は瑞原が差し出したプリントアウトを無造作に受け取ると、前方を見据えたままロイヤル航空のカンパニー・レディオを通じて到着予定時刻とオペレーション・ノーマルを報告するよう指示する。

瑞原は速やかに行い、基地からはスポットの番号を聞いた。

ランディング・ブリーフィングで気象、着陸方法、ゴー・アラウンドした際の飛行ルートなどの打ち合わせをした後、瑞原が降下・進入チェックリストを読み上げ、渡貫が操作と確認をしていく。

ほどなくして降下開始時刻になる。

瑞原は東京コントロールに降下の許可を取った。

"Tokyo control, RA012, request descent."

"RA012, decend and maintain 14 thousand."

一万四千フィートまでの降下のクリアランスが来たのを受け、渡貫は高度セレクターを一万四千にセットした。

スラスト・レバーが後方に動き、エンジンの推力が減少する。揚力と推力のバランスが崩れ、ロイヤル航空０１２便は機首下げ状態で降下飛行に入った。高度計と速度計の数値がどんどん下がっていく。瑞原は瞬きもせずに計器を見守る。

しばらくして、東京コントロールから成田アプローチと交信するよう指示がある。

瑞原はＶＨＦの周波数を125.8MHzにセットし、現在通過中の高度とＡＴＩＳから受けた最新情報「Ｌ」を持っていると報告した。

折り返し成田アプローチから最終進入コースと滑走路の指示がある。

渡貫は指示に従い方位選択ノブをセットした。ＲＡ０１２便はオートパイロットになっているため機体が自動的に旋回し、降下し続ける。

高度が五千フィートを切ったところで、管制官から機首七十度、高度二千五百を維持し、百八十ノットに減速するよう指示がある。

ＲＡ０１２便はいよいよ成田空港へ進入する態勢になった。

管制官からＩＬＳ進入の許可が出た。

ＩＬＳの計器はローカライザ、グラインドパスの順に電波を受信し、前方に成田空港の滑走路が見えてくる。

「ギア・ダウン」

渡貫はそう告げるのと同時にオートパイロットを解除して手動で操縦桿《かん》を操作する。

瑞原は「ギア・ダウン」と復唱し、ギア操作レバーをＤＯＷＮの位置にした。

ウイィィインという音がして、機首部に格納されていた前脚、主翼と胴体に格納されていた主脚が下りてくる。

さらに瑞原は成田アプローチから成田タワーと交信するよう指示され、ＶＨＦの周波数をセットし直した。

成田タワーから着陸許可と風速、風向の情報がもたらされる。

「ランディング・チェック・リスト」

渡貫のコールに従い、瑞原はチェックリストを読み上げた。

「Gear」

「DOWN & GREEN」

渡貫が答える。

「Speed Brake」

「ARMED」

「Flaps」

「25°」

高度が百フィートに達したところで、スピーカーからコンピュータによる「ワン・ハンドレット」というコール音が流れる。

続けて、「フィフティ」「サーティ」「トゥエンティ」とコールされるごとに、否応もなく着陸に向けた緊張感は高まった。

渡貫も微動だにせず前方を見据えたまま操縦桿を操っている。

どんどん滑走路が迫ってくる。

瑞原が脳裏で描いたイメージどおりのタイミングで主輪が滑走路に接地した。

軽い衝撃が機体に伝わる。

渡貫はスラスト・リバーサーを上方にスライドさせ、エンジンを逆噴射させた。

機体がグッと減速する。

タワーからタキシングウェイを右折して、ここからはグラウンド・コントロールと交信するように言ってきた。

グラウンド・コントロールからスポットの指示がある。

スポットが見えてきた。

手信号を持ったマーシャラーがＲＡ０１２便を手招きし、誘導する。

マーシャラーがストップの合図をしたところで、渡貫はブレーキ・ペダルを踏み込み、巨大なジャンボジェットの機体は停まった。

まだパイロットの仕事は残っているが、瑞原はほっと胸の内で安堵《あんど》の息をつく。

背後にいる五百人からの乗客を意識すると、大勢の命を預かっている重責に押し潰されそうになることがしばしばある。それを承知でパイロットの道を選んだつもりだが、実機を運行する精神的な重圧は予想以上で、瑞原は事業用操縦士の資格を取って飛行機の操縦に携わり始めてから、何を置いても仕事優先の生活を心がけるようになった。

頭の中を占めるのは、業務に関することばかりと言っても過言ではない。

もっとも、瑞原の場合、もともとその他に考えることや興味を持っていることがほとんどないため、仕事中心の生活を苦痛だとも窮屈だとも感じていなかった。

無事滑走路に降り立って、ボーディング・ブリッジが接続されると、またひとつ業務をやり遂げられた気持ちになり、ホッとする。

同時に、早くも次の乗務へと新たな意識を向けてもいる。

エンジンをシャット・ダウンし、各種スイッチ類やスピード・ブレーキ、フラップの位置がチェックリストの「PARKING」と合致しているかどうか確かめ、パイロットの任務は終了だ。

客室の見回りを済ませたパーサーに続いて航空整備士がコックピットに入ってくる。

「お疲れさまでした」

「オペレーション・ノーマルだ」

渡貫は記入済みの航空日誌を航空整備士に渡すと、操縦席を離れた。

運行カバンを手に、瑞原も後に続く。

「おまえ、今回はまったく出番がなくて残念だっただろ？」

ボーディング・ブリッジを渡りながら、渡貫が瑞原に皮肉っぽい問いかけをしてきた。

「いいえ。キャプテンの操縦を隣で拝見していて大変参考になりました」

お世辞でも何でもなく瑞原は感じたままを率直に言った。

だが、淡々とした瑞原の物言いに渡貫は建前だと受け取ったらしく、ふんと嫌みっぽく鼻を鳴らす。

「悔しかったら早く四本線になることだ」

肩幅の広くて肉付きのいい渡貫の背中を見ながら、瑞原は無言のまま歩き続ける。

べつに渡貫が特別嫌いなわけではないが、次にまた同じ機に乗るときがあれば気重だ。もう少し自分が愛想よくすればいいのかもしれないが、なにぶん瑞原はそういう点不器用でうまく立ち回れない。

入国手続管理所と税関を通って空港内にある社屋に向かい、管理課で業務終了の報告をする。瑞原の次の乗務は四日後だ。三日間の休みを挟み、しばらく国内線乗務が続く。ロイヤル航空のパイロットの勤務体制は、月間に三日から四日連続の国内路線を三回、国際路線を二回、デスクワークを一日、といった形になっている。自宅でのスタンバイもその中に含まれる。

管理課を出た後、パイロットたちの待機室を覗《のぞ》きにいった渡貫と別れ、瑞原は着替えをするため更衣室に向かった。

廊下を歩いている途中、スーツ姿の男が二人、肩を並べて和やかに話しながらこちらに近づいてくるのが目に入る。

一人は運航本部運航訓練部の部長だ。

もう一人の、手足の長い堂々とした体軀《たいく》の男を見た途端、瑞原は嘘だろう、と信じられない気持ちになった。

映画館で一緒になった添嶋和臣だ。

春夏物のスリーピースを着こなし、髪はきちんとオールバックに撫《な》でつけているが、見間違えようもない。

あのときとは打って変わり、五十代の部長を相手にしても対等に渡り合えるだけの貫禄と存在感を持った若手重職という雰囲気で、嫌が応にも目を惹かれる。

添嶋も瑞原に気がついた。

視線がぶつかり、添嶋は意外そうに目を眇《すが》めた。

瑞原は平静を装い、無表情に徹して二人に会釈した。

傍らの部長が添嶋に「お知り合いですか?」といった感じのことを聞いたようだ。添嶋は「ええ」と口元に笑みを刷《は》かせながら頷《うなず》く。

できればこの場はこのまま擦れ違いたかったが、そうは問屋が卸さなかった。

「瑞原くん」

部長に声をかけられ、瑞原はなんとなく気まずい思いをしながら二人の前で足を止めた。

「乗務明けかね?」

「はい」

瑞原は部長の顔を見て返事をしながらも、意識は添嶋に向けていた。添嶋の興味深げな視線を感じる。首筋にむず痒《がゆ》さを覚え、頰《ほお》の肉が引き攣《つ》りそうになる。まさかこんな形で素性を知られるはめになるとは想像しなかった。だが一方では、やはりまだ添嶋との縁は切れていないなかったかという、予感が当たって納得する気持ちもあった。なぜそんな予感を抱いたのかは瑞原にも説明がつかない。

「きみはこちらにおられる添嶋部長と顔見知りだそうだな」

部長は添嶋を仰ぎ見て言った。

「……はい」

瑞原はあらためて添嶋と顔を合わせ、「その節はどうも失礼いたしました」と頭を下げた。

内心、添嶋がどこかの部長職だと知って、思っていた以上の地位の高さに舌を巻いていたのだが、それはおくびにも出さなかったつもりだ。

最初に向き合ったときから、ただ者でなさそうなオーラは感じていた。

物事の真偽を鋭く見抜くような怜悧《れいり》なまなざしや、意志の強さを湛《たた》えて一文字にきりりと引き結ばれた口元に、いかにも遣り手で有能なビジネスマンらしい片鱗《へんりん》が窺《うかが》える。

「なるほど、コーパイロットだったとはね」

添嶋は瑞原の肩章を見て、どうりでという表情をする。

瞳には若干の揶揄《やゆ》が浮かんでいたが、瑞原が軽く睨《にら》むとすぐにそれは引っ込んだ。代わりに、もう一度会えて嬉《うれ》しいと語りかけてくるような、誠実味に溢れた目をする。

「月曜から出張していた？」

「ええ。ホノルルに」

やはり添嶋は瑞原の携帯に何度か電話を入れたらしい。

翌日から四日間不在にするとわかっていながら、番号を言うときそれにはいっさい触れなかった瑞原は、さすがに少しバツの悪い思いを味わった。

だが、添嶋は薄情な瑞原を責めるつもりは毛頭ないようで、「そうか」と頷いただけだった。

「それじゃあ明日からしっかり休んで疲れを取って、また次の乗務に備えておいてくれよ」

部長が瑞原に言った言葉に、添嶋の眉がピクリと動く。

「ホノルル線の後なら、休みは三日？」

添嶋は妙にロイヤル航空のパイロットの勤務体制に通じている。瑞原はツッと眉間《みけん》に皺《しわ》を刻みながら、それが何か、というまなざしで添嶋を牽制《けんせい》するように見た。

無愛想で嫌な感じであろう瑞原の態度に構うことなく、添嶋は好都合な話を聞いたとばかりに部長に顔を向ける。

「先ほどの話ですが、可能でしたら瑞原くんにお力添えいただくわけにはいきませんか？」

「例の最終チェックにかね」

うーん、と部長は気難しげに唸《うな》り、弛《ゆる》みの出た顎《あご》を手で撫でる。

「何のお話ですか？」

自分の名前が出ている以上知らん顔をしているわけにもいかず、瑞原は口を挟んだ。

答えたのは添嶋の方だった。

「松菱ロイヤル・シミュレーターエンジニアリング《SE》は知っているだろう。ロイヤル航空の運航訓練部で使用しているフライト・シミュレーターの整備や改修などをしている、松菱重工とロイヤル航空の共同出資企業だ。そこで一月前から預かっているＢ７４７－４００の四号機の機体改修が一昨日終了した。いちおう技術部の方で動作確認は済ませているんだが、最終チェックとして現役のパイロットにもチェックしてもらった方がいいだろうということで、先ほど部長に相談していたところだ」

「シミュレーターのテストでシミュレーション飛行をしろと？」

「手間は取らせない。羽田《はねだ》のロイヤル航空第二テクニカルセンターまで来てもらって、二パターンほど試してみてくれないか。羽田までの送り迎えは俺がしよう」

「いつですか？」

「できれば明後日がいいんだが」

「明後日ですか。てっきり明日だとおっしゃるのかと思いましたよ」

「本音を言えば明日がいい」

瑞原は添嶋の率直さに笑いが出そうになるのを噛《か》み殺し、仏頂面を保ったまま、あっさりと了承した。

「いいですよ、明後日なら」

さすがに明日でもいいとまでは譲らない。

「本当にいいのかね、瑞原くん？」

部長は国際航路から戻ったばかりの瑞原に無理を頼むのはどうかと慮《おもんぱか》っていたらしく、明後日ならばいいと瑞原自身が言い出したことに、いくぶんホッとしたようだ。添嶋と交わす遠慮会釈のない遣り取りを聞いていて、お互い気心の知れているらしい瑞原に任せるのが会社としてもいいと考えたのかもしれない。

瑞原は添嶋の無遠慮さがいっそ清々しく感じられ、こういう相手なら休日を返上して付き合っても楽かと思って引き受けた。改修されたばかりのシミュレーターにも当然興味がある。

「ありがとう。助かるよ」

添嶋も当たって砕けろのつもりで言ってみたところがあったらしく、瑞原が割合簡単に承知したことを、若干意外に感じているようだ。声音に出ている。

「何時にどこで待っていればいいんですか？」

面と向かって礼を言われるとこそばゆい。瑞原は早くこの場を切り上げたくて、むっつりしたまま聞いた。

「明日の夕方までに連絡する。携帯電話、通じるんだろう？」

「通じますよ」

それでは、と瑞原は二人に会釈して歩き出しかけた。

「ああ、瑞原くん」

添嶋が何事か思いついた様子で瑞原を呼び止める。

「俺ももう帰るところだ。よかったら乗っていかないか？」

「いえ、せっかくですが」

瑞原は、今度はすげなく断ると、その場を離れた。

結局、添嶋がどこの誰なのか曖昧にしたままになっていたと気づいたのは、着替えをすませて社屋を出、路線バス乗り場で東京駅行きのバスを待っている間のことだった。

Ⅲ

コール音四回で瑞原《みずはら》は電話に出た。

添嶋《そえじま》は受話器を握る手に軽く力を込め、口元を綻《ほころ》ばせる。

「起きていたか、瑞原くん？　添嶋だが」

あぁ、と電話の向こうで瑞原は溜息《ためいき》に似た声を洩らす。

『もちろん起きていましたよ』

午前十一時少し前。時差で少なからず体調を崩しているのではないかと思っていたが、どうやらそんな様子は窺《うかが》えない。完璧《かんぺき》主義で、己に厳しく、できるだけ規則正しい生活を心がけているようなのが伝わってくる。

それにしても相変わらずのそっけなさだ。

添嶋は昨日ロイヤル航空成田《なりた》支社でばったり顔を合わせたときの瑞原を思い出し、部長の前でも同じ態度だったところからして、これは地だからそうそう変わらないのだろうなと胸の内で苦笑する。

よもや瑞原がパイロットだったとは驚きだ。線が細くていかにも神経質そうなので、てっきり中央省庁のお堅い役人か、医者の卵か、研究職か、そのあたりだろうと想像していた。見事に裏切られた気分だ。

なるほど映画の航空機シーンに対して辛辣《しんらつ》だったわけである。

あのときだけ妙に饒舌《じょうぜつ》だったのにも合点がいく。憤りすらみせていた瑞原を、もしかすると航空マニアなのかと思ったが、本職だとは考えもつかなかった。仕事柄添嶋は何人ものパイロットを知っているが、瑞原のようなタイプには出会《でくわ》したことがなかったからだろう。

いったいどんな操縦をするのか見てみたい。

今回添嶋が瑞原にシミュレーターのテストをしてほしいと頼んだ裏には、正直、私情が混ざっていた。

世の中には絶妙のタイミングというものがあるものだ。案外、月曜からこっち瑞原の留守を知らずに二度かけた電話が繋《つな》がっていなくて幸いだったのかもしれない。下手に話をしていて迷惑がられたり嫌われたりしていたら、こんな機会はなかっただろう。添嶋自身、特に用もないのに電話に手を伸ばしてしまう己に当惑気味だった。何がそこまで気になるから瑞原に構いたがるのか、自分でも気持ちが定まらないまま行動していたのだ。

気にかかることがあれば、取りあえず納得するまで関わってみる。それが添嶋の流儀だ。むろん相手が許してくれる範囲内でのことだが、その点、瑞原も意外に胸襟を開いてくれていると感じる。瑞原は普段はもっと警戒心が強くて、やすやすと他人を懐に入れないタイプではないかと思えるのだ。

『明日のことですよね?』

よけいな話をするつもりはないとばかりに瑞原から本題を振ってくる。

多少添嶋には態度を緩めて接してくれているようではあっても、そっけなくて取りつく島がないことには変わりない。

これはなかなか手強《てごわ》いなと添嶋は腹を据えた。

一度でいいから瑞原が自分の前で笑っているところが見たいと思う。どうしたらあの顰《しか》めっ面《つら》が笑顔になるのか、本気で挑戦してみたくなる。

添嶋は焦らずに瑞原との関係をじわじわと詰めていくことにした。

「そのぶんでは気が変わったということはなさそうだな」

『僕はそんな無責任な人間ではありません』

受話器を通して聞こえる声に心外だという響きが混じる。仕事に対するプライドの高さを感じさせられた。

「助かるよ、きみが快諾してくれて」

『……べつに、快諾したつもりはありませんが。僕はあなたに借りがあるので、単にそれをお返ししたいと思っただけです』

素直にはいと受け流せばいいものを、瑞原はわざわざ相手を白けさせることを言うのが得意だ。人付き合いが下手そうだなと他人事ながら心配になる。しかし、これもどうせ瑞原にとってはよけいなお節介なのだろう。

ずっと傍《そば》で見守っていなければ安心できない存在と久々に関わっている——添嶋は瑞原を放っておけない気持ちになる理由がうっすらとわかりかけてきた。添嶋はこういうタイプの男に庇護欲を掻《か》き立てられるのだ。精一杯突っ張っていてもどこか頼りなげで、細い体を両腕に包んでぎゅっと抱き締めてやりたくなる。

添嶋は鋭い勘で瑞原も自分と同じ性癖なのではないかと思っていた。単に瑞原と釣り合いの取れそうな女性が脳裏に浮かばないだけかもしれないが、口説いてみる価値はありそうだ。

「まぁそれはさておき、きみを拾う場所と時間なんだが……」

『そのことですが、第二テクニカルセンターならいつも訓練に行っているところなので、直接現地で落ち合うということで結構です』

あらかじめ心積もりしていたように瑞原は即座に言う。

添嶋はまたもや苦笑いするはめになった。

「いいだろう。きみがその方が楽ならそうしたまえ」

確かに瑞原の言にも一理あるので、添嶋は拘《こだわ》らなかった。本当は二人でゆっくり話せる機会を持ちたかったが、瑞原にその気がなければ無意味だ。

執務机の脇《わき》に置いていた黒革の手帳を開き、松菱《まつびし》ロイヤル・シミュレーター《S》エンジニアリング《E》技術部の担当者と打ち合わせ済みのスケジュールを確認する。明日は土曜日だ。本来ならば添嶋も休日に当たる。もっとも、添嶋にとっては常から土曜も日曜も休みだという感覚はさほど強くない。

「一時半に一階ロビーで待っている。テストは二時から開始の予定だ」

『それでしたら、僕は一時にお伺いします。シミュレーション飛行とは言っても、気持ちの準備を整えておく時間が必要ですから』

「パイロットの鑑だな」

添嶋はまんざら冗談ではなく感心した。

ますます瑞原の腕前を見せてもらうのが楽しみになる。

一時にロビーでと約束し直して、添嶋は「それではよろしく」と電話を切りかけた。

『あ、すみません、もう一つだけ』

珍しく瑞原から話を振ってくる。

「何か？」

『僕はまだあなたがどこのどなたかお聞きしていなかったと思うのですが』

これには添嶋も自分の粗忽《そこつ》ぶりに参らされた。

てっきりもう告げたものだとばかり思い込んでいた。最後の最後まで聞かずに話をしていた瑞原も瑞原だ。やはり変わっている。瑞原も添嶋を同様に思っているかもしれないが、つくづく風変わりで興味の尽きない男だ。

「失敬した。俺は松菱重工航空事業部一般航空機部の部長を務めている添嶋だ」

あらためて名乗ると、瑞原は一拍おいて『わかりました。ありがとうございます』と返し、添嶋から電話を切るのを礼儀正しく待つ間を作る。

「では明日」

添嶋は一抹《いちまつ》の名残《なごり》惜しさを覚えつつ、受話器を下ろした。

明日また瑞原の顔が見られると思うと、心が浮き立ち、自然と顔が綻んでくる。こんなふうに人と会うというだけで期待に胸が弾むのは、めったにないことだ。

部長室のドアがノックされ、秘書の女性が書類の束を手に入ってくる。

添嶋は受け取った書類をその場でざっと確認し、すべて未決箱に放り込むと、机に着いたまま秘書を見上げた。

「中島《なかじま》くん、他に何か聞いておくことがあるか？」

「はい。再来週のフェニックスご出張の際ご利用いただく航空機とホテルですが、すべて手配いたしました」

「あぁ、ありがとう。明日俺は羽田《はねだ》で松菱ロイヤルＳＥのシミュレーターテストに立ち会うことになっているから、何か緊急事態があったら携帯に連絡してくれ」

「かしこまりました」

社内でも有名な美人秘書は折り目正しく受けてから、まだ何か言いたいことがあるようなまなざしを向けてくる。

「俺の顔に何かついているか？」

添嶋が冗談めかすと、秘書は「いいえ」とにこやかに笑って首を振った。

「部長のお顔がいつもより緩んでいらっしゃるようなので、何かいいことでもおありになったのかしらと先ほどから思っていました」

指摘され、自覚していた以上に喜色が出ていることを知る。

「いいことね。これからあるかもしれない、というところかな」

秘書は羨《うらや》ましげな表情をして部長室を出て行った。

瑞原とのことは、すべてこれからだ。今のところ、仕事上の繋がりが僅《わず》かにできているだけで、他にはどんな約束もしていない。

場合によっては、明日も三時間かそこいら一緒にいるだけで、取り立てた進展もなく別れてしまい、今後交流する機会もなくなる可能性は大いにある。

添嶋は瑞原と親しくなりたいと思っているが、瑞原がどう考えているかはまったくわからない。ちょっとやそっとでは意志を曲げそうにない強情さの持ち主のようなので、食事に誘うのにも苦労しそうだ。だが、それもまた張り合いがあって愉しいと考えればいいのかもしれない。

添嶋は興味を抱いた相手に手こずらされるのが嫌いではない。むしろ、征服欲が満たされてよけい燃える質《たち》である。


翌土曜日。

添嶋は瑞原より遅くなるわけにはいかないと、午後十二時半には羽田の整備場にあるロイヤル航空第二テクニカルセンターにサーブを乗りつけた。

センター長と松菱ロイヤルSE技術部の担当者二名、整備部の担当者一名が添嶋を出迎える。

「お早かったですね」

「ええ、ちょっと気合いが入っていますので」

添嶋はセンター長に冗談めかして答えつつ、テストパイロットを務める瑞原がまだ来ていないことに胸を撫《な》で下ろす。

我ながら子供じみた真似《まね》をしている気もするが、少しでも瑞原に引けを取りたくない、自分を認めさせて関心を惹《ひ》きたいという気持ちが頭を擡《もた》げていた。

瑞原がロビーに現れたのは、かっきり一時だった。

休日にもかかわらず制服姿だ。更衣室で着替えてきたらしい。

一昨日も見惚《みと》れたのだが、瑞原のほっそりとした体に、パイロットの制服は意外と似合う。白と黒のコントラストが鮮やかで、それに銀のボタンと縫い取りがアクセントになっていて、非常に禁欲的で気品がある。

かくいう添嶋も、子供の頃はパイロットに憧《あこが》れた口だ。途中、いつの間にか機械工学の方により関心が深まって、辿《たど》り着いた先が今の仕事なわけだが、乗客として飛行機に乗るたびに、やはりコックピットも捨てがたかったなといまだに思うのだ。

瑞原は添嶋が行かなかった道を歩いている憧憬《どうけい》の対象でもある。世渡りが下手そうで、世間のきつい風から守ってやりたいと感じる反面、一目置いて尊敬し、応援する気持ちも働く。他にも数多《あまた》のパイロットを見知っておきながら、こんな感情を抱いたのは瑞原にだけだ。

「皆さんお揃《そろ》いでしたか」

瑞原は添嶋たちに勢揃いして迎えられ、予定よりずいぶん早い集合にもかかわらず、まるで自分が遅れたかのような気持ちになったようだ。

「ちょうど今集まったところだ。わざわざ出てきてもらってありがとう。さっそくだが、テスト前に皆でブリーフィングに入ろう」

添嶋はさりげなく端原の緊張を解す言い方をして、瑞原と肩を並べて歩きだす。

センター長を先頭に、瑞原、添嶋、そしてその後ろに松菱ロイヤルSEの三人がついてくる。

ブリーフィングはシミュレーターが設置された部屋の一画で行われた。

ここ第二テクニカルセンターには三台のシミュレーターが設置されており、それぞれ独立した部屋の中央に据えてある。二階建て分の高さのある室内で、シミュレーターには階段を上っていってブリッジを渡って入る形になっている。

今回テストするR747－400の四号機と呼称されるシミュレーターは、デッキの上に大きな箱型の機械が乗っており、デッキと床を可動式のアームで固定する形のものだ。

「最も大きな変更点は、松菱精機による新コンピュータ・グラフィックを従来のものと差し替えたところです」

技術部のチーフが説明する。

瑞原は真剣な面持ちで彼の言葉に聞き入り、手元に広げたマニュアルにときどき万年筆でメモを取っていた。瑞原の持っているマニュアルはすでに注釈やメモでびっしりと埋まっていて、いかに瑞原が勉強熱心かを語っている。

「従来のものより精度が上がっていますので、よりリアルな飛行訓練ができるようになったと思います。実機での訓練とほぼ変わらない状態を体感していただけるはずです」

「シチュエーションは決まっていますか?」

「まず一本目のフライトは、成田発の成田着で気象条件は特に問題なし、時間は昼間の設定でお願いします」

「副操縦士席にはどなたか座られますか?」

「はい、私が座らせていただきます」

瑞原の質問に整備部の担当者が即座に手を挙げる。

本来、テストの結果を見届けるための立ち会いにきただけの添嶋まで、次第に気持ちが引き締まってきた。

「部長もオブザーバー席でフライトの様子をご覧ください」

センター長が添嶋に言う。オブザーバー席というのは、二つ並んだ操縦席の後ろにある席のことだ。フライトの様子をつぶさに見て体験できる。

念を入れたブリーフィングを済ませ、いよいよ鉄製の階段を上がってブリッジを経由し、シミュレーターの中に入る。

左側の機長席に座った瑞原は落ち着き払っているように見えた。

添嶋は副操縦士席の後ろに座り、シートベルトを締めた。

瑞原の綺麗な横顔がぐっと引き締まり、頭の中から雑念を追い払って操縦に集中しようとしている様子が手に取るようにわかった。

添嶋の隣、瑞原の背後に当たる席にはセンター長が着いた。

技術部と整備部の二人はフロアにあるモニターで外から操縦を確かめる。瑞原の行った動作の一つ一つは洩らさすコンピュータに記録され、データ化して後ほど検討されることになっている。

瑞原はコースと時刻をコンピュータにセットして、頭上に並んだ四つのエンジン・スタート・スイッチを、右主翼外側のNO．4から左主翼外側のNO．1まで順番に押していく。

巨大なエンジンがゆっくりと動き出す音と振動がシミュレーターの中で再現される。そして、コックピットパネルに表示されたグラフがそれぞれ少しずつ上昇し始めた。これはエンジンの回転数を示すグラフだ。

フロントガラスの向こうには、驚くほどリアルなグラフィックの滑走路が伸びている。周囲の風景もまさしく成田空港そのままだ。あいにく添嶋は真正面から生で離陸前の滑走路を見た経験はないが、おそらく本物と寸分違わないのだろう。

ときおり無線を介して英語による指示が頭上に流れる。

タキシングの許可が出たところで、瑞原はパーキング・ブレーキをオフにして、スラスト・レバーを僅《わず》かばかり前方に動かした。

細くしなやかな指がゴツゴツしたスラスト・レバーを操作する様は、妙に色っぽかった。計器類やスイッチ、表示器などに埋め尽くされたコックピットに、門外漢の添嶋は威圧感すら覚えるが、瑞原には慣れ親しんだ居場所らしい。迷いのない手つき足つきで方向舵ペダルとステアリング・ハンドル、スラスト・レバーを操作する。機体は誘導路の中心線を正確に走行していた。

やがて滑走路の離陸位置まで来ていったん停止した。

瑞原がオートスラスト・スイッチをオンにすると、エンジンの回転が離陸出力に上昇する。同時に車輪ブレーキをオフにしたため、離陸滑走が始まった。

瑞原の左手は操縦桿《かん》、右手はスラスト・レバーにかけられている。

副操縦士席では、緊張した面持ちの整備部担当者が、左手をスラスト・レバー下部に添え、目は速度計を注視している。

速度計の値はどんどん上昇していき、体に加速度が感じられてくる。

正面には滑走路が後ろに流れていく光景が映っている。

離陸の加速と共に添嶋の心拍数まで上がっていった。

それだけシミュレーターが実機と変わらぬ状態を再現しているということだ。

速度計の目盛りが百五十五ノットになる。

「V１」

副操縦士席からコールがある。

続いてすぐに「VR」、百七十ノットだ。

ここで瑞原は操縦桿を静かに手前に引いた。

ゴトゴトと滑走路を転がっていた車輪の音が止み、振動がなくなり、機体が浮揚したのがわかる。みるみるうちに滑走路が真下に離れていく。

「V２」コールの後、瑞原は昇降率を確認し、「ギア・アップ」と副操縦士席にオーダーする。

ウイィィィンと前脚と主脚が格納される音がした。

フロントには真っ青な空が広がっている。

機首上げ姿勢で高度を上げていき、五百フィートに達したところで旋回飛行を開始する。

瑞原の操縦は機械のように正確で無駄がなく華麗だった。

顰蹙《ひんしゅく》を買うのも覚悟の上で瑞原にテストを頼み、操縦を見せてもらってよかった。添嶋は斜め後ろから瑞原に目を向けつつ思う。実際にはこんなふうにコックピットに同乗することは不可能だ。松菱ロイヤルSEの開発と改修に企画段階で関わった縁から今日の最終チェックに付き合う運びとなったわけだが、幸運に感謝したい気持ちである。

エンジンの唸《うな》る音が小さくなった。

オートスラストにしていたため、千五百フィートを超えたところでスラスト・レバーが離陸推力から上昇推力に自動で動き、エンジンの推力が減ったためだ。

添嶋も航空機がどのような仕組みで飛ぶのかという知識だけは頭に入っているので、擬似的な揺れやエンジン音などから、今どのあたりの高度で機体がどういう状態なのかはつぶさに察せられる。実際のエアラインの客席に座っていてもそれは同じだ。プロが訓練用に使うシミュレーターは非常に精緻《せいち》にできている。これで練習を積んだ見習いパイロットたちが、実機に乗ったとき、滑走路の繋ぎ目での揺れから周囲の眺望まで一緒だと驚くというのも道理だ。

上昇を続けていた機体は、最初に設定された巡航高度になると自動的に水平飛行に入った。

瑞原の横顔から心持ち硬さが取れる。

「いかがでしたか？」

センター長が瑞原に成田空港通常離陸の感想を聞く。

「問題ありません。実機を操縦しているようです。コンピュータ・グラフィックにもまったく違和感がないですね。皆さんが沈黙を守ってくださっていたので、まさにコックピットにいる雰囲気で、緊張しました」

瑞原は真っ直ぐ前を向いたまま、口とは裏腹に落ち着き払った口調で答える。

いい度胸をしている、と添嶋は小気味よさを覚えた。瑞原への関心は高くなる一方だ。なかなか靡《なび》いてくれなさそうなところが、よけい添嶋に闘志を燃やさせる。

「そろそろ降下し始めます」

副操縦士席から声がかかると、瑞原は「ええ」と短く答え、きゅっと口元を引き締めた。離陸も着陸同様見事な手並みだった。

「よし、二十分ほど休憩して二本目をやりましょう」

元ロイヤル航空の機長だったというセンター長は、瑞原の肩をポンと叩《たた》いて労《ねぎら》うと、添嶋を丁重に先に立て、シミュレーターの外に出る。

添嶋はブリッジの端で「後から行きます」とセンター長を遣り過ごし、ほどなくして出てきた瑞原を待ち受ける形になった。

「お疲れさん」

「どうして下りないんです？」

瑞原は眉根を寄せ、身構えた態度を見せる。

「下りるさ」

さらりと返した添嶋は、カツンカツンと靴底を鳴らしつつ階段を下りていく。

背後に瑞原が続く。

「きみが操縦する便に乗る機会があれば、大船に乗ったつもりでいられそうだ」

フロアで再び瑞原に向き直り、添嶋は感じたままを告げた。

「僕はまだコーパイですから、少なくともあと五、六年は無理ですね」

「そう突っかかる物言いをしなくてもよさそうなものだ。俺はきみの腕を褒めたんだぞ」

「……褒められるようなことは何もしていませんので」

添嶋に窘《たしな》められた瑞原は気まずげに言い訳する。

「さっきのフライトは、何一つ不安要素のない基礎中の基礎のプログラムでした」

「だからだよ。だから俺は感心したんだ」

えっ、と瑞原は訝《いぶか》しげな顔になる。

「すでに路線を担当して実機に乗務しているパイロットなら、ともすれば慢心して緊迫感をなくしがちなシチュエーションだったが、きみは最後まで気を抜かなかったし、操縦に対してとても謙虚だった。パイロットのあるべき姿をきっちりと見せてくれたと俺は思う」

「そんなこと……」

買い被りだとばかりに首を振りながらも、瑞原の頬はうっすらと紅潮してくる。

「僕でなくても皆普通に心がけています」

気恥ずかしいのか、瑞原の語調はいつも以上に突《つ》っ慳貪《けんどん》で早口だった。

つくづく素直になれない男だ。こんなふうだから添嶋は構うのをやめられなくなる。

添嶋が薄笑いを浮かべると、瑞原はさらにきまりが悪くなったのか、フイと横を向いて目を伏せた。頬は赤みが差したままだ。

シミュレーターが設置された部屋を出て、廊下を挟んだ斜め向かいにある休憩用のラウンジへ足を向ける。瑞原も無言のままついてきた。さすがにここで一人別行動するのは大人げないと自制したのだろう。

「昨日一日体を休めて出張の疲れは取れた？」

「……ええ」

話しかけると不承不承ながらにも答えはする。

瑞原の中で今添嶋はどんな位置づけになっているのか、聞いてみたい気がした。不躾《ぶしつけ》で強引でお節介な煩わしい男、そんなところだろうか。

「帰りは約束どおり送っていこう」

「していませんよ、そんな約束」

「じゃあ、これからしよう」

「添嶋さん」

呆《あき》れたように瑞原は溜息をつく。

「あなたも物好きな方ですね」

「たまに言われる」

添嶋は瑞原を横目で見た。

白皙《はくせき》の美貌に困惑が窺える。長い睫毛が心許《こころもと》なげに揺れる様に、添嶋は瑞原の動揺を感じ取った。今まで添嶋のように迫ってくる人間はいなかったのか、どう対応すればいいのかわからないようだ。

「うんと言って欲しいんだが、瑞原くん」

「言っても言わなくても結果は同じように思えますが」

「そうかもしれないが、きみが快い返事をくれたら同じ結果でも気分がいいだろう？」

「あなたの気分が、でしょう」

瑞原は仏頂面で毒を吐く。なまじ顔立ちが整っているだけに痛烈だ。しかし、添嶋はこのくらいで怯《ひる》むような柔な神経はしていない。

「そうだ」

平然として頷くと、瑞原は呆れるのを通り越し、添島の堂々とした態度に感心したようだ。

「わかりました」

その代わり、と切れ長の目で添嶋を流し見る。

「次のシミュレーションでは、悪天候の中機体が揺れに揺れた上、着陸の際横風に煽《あお》られそうになってゴー・アラウンド、空中待機中に他機とニアミスしそうになるというプログラムで気分が悪くなるかもしれませんね」

瑞原はそう言うなり歩幅を大きくして添嶋より前に出ると、フウンジの入り口を先に潜る。

「……いい性格してるじゃないか」

添嶋は瑞原の背中に向かって呟《つぶや》いた。

忌々しい反面、手応えを感じて愉しくて仕方がない。

気持ちが浮き立ってくるのを添嶋は抑えきれなかった。

※

添嶋の運転するメタリックなノクターンブルーのステーションワゴンに乗った瑞原は、初めてにもかかわらず妙に居心地がよくて、まるで自分の車であるかのようにしっくりくることに不思議さを感じていた。

第二テクニカルセンターを出たのは午後五時近くになった。

二度のフライト・シミュレーションを終えた後、一時間ばかり技術部と整備部の担当者たちと話をしていたのだ。新しくなったシミュレーターは使い勝手がよく、自分自身これからもずっと訓練でお世話になるものだけに、今後さらにどういった可能性が広がるのかを聞くのは参考になった。瑞原は研鑽《けんさん》を積むことに貪欲《どんよく》な方だ。テストに駆り出してくれた添嶋に、内心感謝している。

「今日はどうもありがとう。きみが協力してくれたおかげで最終チェックも無事終了した」

右手でステアリングを握って滑らかな走行を続けつつ、添嶋はあらためて丁寧に礼を言ってきた。

瑞原はサングラスをかけた添嶋の横顔をさりげなく見る。

すっとした鼻梁《びりょう》と引き締まった口元がまず目に飛び込んでくる。毅然《きぜん》とした印象が漂っていて、自分をしっかりと持った有能なエグゼクティブの顔だと思わせられた。

「あなたは普段から、今日のように現場に立ち会われることが多いんですか？」

松菱重工の部長クラスともなれば、デスクワークと折衝が主な職務で、関連会社の現場にお供も連れず顔を出すようなケースは稀《まれ》なのではないか。いつもであれば他人のすることをいちいち気にかけはしないのだが、添嶋にはなんとなく関心が湧《わ》いた。

「必要だと思えば俺はどこにでも出ていく。自分の目で見て確かめておいた方が、いざお偉方と話をするときにも説得力があるからだ」

「煙たがられはしないんですか？」

「もちろんそういうことも少なくない」

添嶋はニヤリと唇の端を吊り上げ、澄《す》ました顔で答える。

「だがまぁ、何をしてもどこかで誰かが不満を持つのが世の常だ。だったらせめて自分自身は納得させないと、根幹が揺らいでしまう」

どうやら添嶋の自信はそこからきているようだ。

強靭《きょうじん》な精神力とフットワークの軽さ、たゆまぬ努力、そして企業人としての卓越した才能。それらを武器に道を切り拓《ひら》いて結果を出してきた男の自負を感じ取り、瑞原は自分とは違う世界で活躍している相手ながら、添嶋に憧憬と尊敬を覚えた。

技術部の担当者がさらりと洩らしたところによれば、添嶋はまだ三十五歳だという。部長に昇格したのは三ヶ月前。経済誌などの人事異動欄にも載って、それまで旧態依然とした印象の強かった松菱グループ内に於《お》いて、異例の大抜擢《だいばってき》だと一部でたいそうな話題になったらしい。あいにく瑞原はそういったニュースに疎いため、添嶋の名前すら知らなかったが、民間航空機事業に携わる者の間では有名な人物とのことだ。

「もしかして今日の一件も、以前からちらほら噂に聞く、国産ジェット機の実用化に向けた取り組みの一環ですか？」

「あながち無関係ではないな」

添嶋は別段隠す気はなさそうに、やんわりと認めた。

「近々プレス発表されるが、米国のボイニクス社との提携がいよいよ基本合意に達した。これまでにもうちは民間旅客機の機体開発や衛星打ち上げ用のロケット開発などでボイニクス社と密接な繋がりを持ってきていたが、今度はいよいよ国内初のジェット機事業だ」

「そう言えば、パリで開催された国際航空ショーに、松菱重工の多丸《たまる》会長とボイニクス社の民間機部門のＣＥＯ、トミー・アーデン氏が訪れられていたとは聞きましたが」

「ああ。その際に現地で会談したんだ。うちが手がけようとしているのは、七十人から九十人乗りの小型機だ。ボイニクスは百人以上搭乗できる航空機しか造っていないから、先方も市場を食い合うことはないと判断したんだろう。販売と保守の面で協力体制を敷いてくれることになった。再来週、俺もアリゾナ州メサにあるボイニクスの製造工場を見学しに行く予定になっている」

メサはフェニックスの東郊に位置する大型の衛星都市だ。ロサンゼルスから国内線でおよそ一時間の距離にある。

「お忙しいんですね」

休日出勤に海外出張と、今知っている限りでも慌ただしそうな添嶋の仕事ぶりに、瑞原は何の含みもなく思ったままを口にした。

「ナンパばかりしている暇な男だという認識は改まった？」

こちらにちょっとだけ顔を向け、冷やかすような口調で言う添嶋に、瑞原はバツの悪い心地になった。

初めて添嶋と会って話をした日、瑞原は別れ際に確かにいささか失礼な発言をした。しかし、あのときは添嶋にも誤解を招く要素はあったと思う。

「あれはやはりナンパだったんですか？」

瑞原はつい負けん気を出して切り返した。

「難しいな。否定するのは潔くないし、かといって肯定するのも抵抗がある」

即座に違うと突っぱねるかと思いきや、添嶋は言葉を選びながら真面目な口調で言う。

「俺には、きみを誘うのに浮ついた気持ちはかけらもなかった」

冗談にして流せる雰囲気ではなく、瑞原は反応に困った。

添嶋が瑞原に何を求め、期待しているのか、確信の持てる答えに行き当たらない。

しばらく沈黙した後、瑞原は躊躇《ためら》いがちに口を開いた。ちょうど赤信号で、車が停まったところだった。

「僕と一緒にいて添嶋さんは楽しいですか?」

「ああ。とても」

添嶋は迷わず肯定すると、今度はしっかりこちらに向き直り、サングラス越しに瑞原を見据えてきた。

「これからの予定は?」

単刀直入に聞かれる。

誘われているのだとはもちろんわかっていた。煩わしいと思うのなら、この前と同じにすげなく断ってしまえばいい。疲れていると言えば添嶋は黙って頷き、退《ひ》くだろう。悩むまでもなく簡単なことだ。

だが、瑞原はそうしなかった。

「……べつに」

ぼそりと答え、いったい何の気まぐれだ、と自分で自分が不可思議だった。

瑞原は本当に人付き合いが苦手で、いつもは極力避けている。それが、添嶋の誘いは強制されたわけでもないのに断らなかったのだ。瑞原を知る者が聞けば、信じられないと笑って本気にしないだろう。

「なら食事に行こう。今日のお礼をさせてくれ」

サングラスの中央をツッと指で押し上げ、添嶋は言った。

気のせいか瑞原にはそれが添嶋の照れ隠しに見えて、なんとも微笑《ほほえ》ましかった。

容貌と体軀に恵まれ、社会的地位もある男が、さして取るに足らなさそうな事柄で相手の出方に一喜一憂した様子を見せるのだ。それをさせているのが他ならぬ自分だとは信じがたい。添嶋は何か勘違いしているのではないかと訝しくなる。

「僕は全然面白くない男だと思うのですが」

自分を卑下するわけではなく、客観的な立場に立ってみて感じるままを言う。

添嶋はフッと含み笑いをした。

「俺にはきみのそういうところが面白い」

そういうところと言われても瑞原にはまるっきりわからない。知らず知らず眉間に皺を寄せていた。

「あなたも物好きな人ですね」

「かもしれない」

物好きなどと言った瑞原は十分失敬だったが、ここであっさり肯定する添嶋も微妙に失礼な気がする。

案外似たもの同士なのかもしれないと瑞原は思った。

だから、初めて会った日から添嶋を拒絶できず、今もこうして一緒にいるのだろう。

「何が食べたい？」

銀座界隈《ぎんざかいわい》に来たところで添嶋に聞かれたが、瑞原はこれといって意見を持ち合わせていなかった。食べ物に拘《こだわ》りのある方ではない。

「あなたの好きなところで結構です」

「和洋中、きみの気分は？」

「……そう聞かれても」

「CAさんにも聞かれるだろう？」

「キャプテンが選ぶんですよ。コーパイは自動的に残った方です」

「知ってる。だが、ときには三種類のうちから選ぶこともあるんじゃないのか」

添嶋はこうした遣り取りを面白がっているきらいがある。瑞原が眉間に皺を寄せる様が見たくて、わざと困らせようとしているのではないかと疑いたくなる。

「僕は食にあまり興味がないので本当に何でもいいんです」

「だからそんなに細いのか」

「悪かったですね」

「誰も悪いなんて言ってない。すぐに突っかかるのはきみの癖みたいだな。コックピットに座っているときはあんなに冷静で、インシデントにもアクシデントにも動じなかったのに」

「仕事とプライベートは別ですから」

「たいしたものだ」

うっすらとした笑いを浮かべる添嶋の横顔を軽く睨み、瑞原はプイとそっぽを向いた。

遠慮会釈のない会話を交わしながらも添嶋はうんざりしなかったようで、車を駐車場に入れると、瑞原を連れて並木通り《なみきどお》りを歩きだした。

ぶらぶらと散策するような足取りで、目的地を決めているのかどうかも定かでない。

どこに行くつもりか尋ねたいのはやまやまだったが、添嶋に任せると言った以上それも何だか憚られ、瑞原は黙って添嶋に従った。

最中で有名な『空也《くうや》』の前を通り過ぎる。

「きみは一人暮らし？」

「ええ。あなたもでしたよね」

「覚えていてくれたのか」

添嶋は取り繕うことなく嬉しげに目を細めた。

やはりサングラスを外したときの方が表情がわかりやすくて安心できる。

瑞原は心持ち長く添嶋の顔に視線を向けてしまい、それまで前方を見ていた添嶋に気づかれて、目を合わせるはめになった。内心焦ったが、ここで慌てて逸らすと、かえって疚《やま》しい気持ちになりそうだったので、そのまま思い切って見返した。

怜悧な中に深い情が感じ取れる黒い瞳に見つめられ、瑞原は心が吸い込まれていきそうだった。添嶋の眼には強い力がある。搦《から》め捕られて意のままに従わされても抵抗できない強烈な魅力を持っている。

瑞原は息を吸い込み、高まりそうになっていた胸の動悸《どうき》を抑えた。

「一人なら、家にいるとき食事はどうしているんだ？」

添嶋は瑞原の動揺に気づかなかったそぶりで続ける。

「近くのファミレスで済ませるか、コンビニで何か買うか、デリバリーですね」

「体力勝負のパイロットが不健康だな。それだと野菜が不足しがちだろう。料理の上手な恋人をつくるか、自炊を覚えるかした方がいい」

「あいにく僕は家事が苦手です。女性はそれ以上に不得手です」

「べつに、恋人は必ずしも女性でなくてはいけないきまりはないと思うが」

「え？」

あまりにも自然な流れで口にされたため、瑞原は一瞬虚を衝かれた。

どういう意味ですか、と聞こうとしたとき、「ここの二階だ」と添嶋が白壁の綺麗なビルを指し、先に立って階段を上がっていく。

添嶋に案内された店は、L字型のカウンター席が中心の割烹《かっぽう》だった。白木で纏《まと》められた内装にはおよそよけいなものがなく、凛《りん》としていて品格がある。落ち着いて食事を楽しむための大人の空間だ。

「奥に個室もあるんだが、初めてだし、あまりきみに警戒されても困るからカウンターにしておこう」

さっき含みのある発言をして瑞原を戸惑わせたばかりだからか、添嶋はそう言って瑞原を先に席に着かせた。

半袖のシャツにスラックスという出で立ちの瑞原の隣に、上着を脱いでネクタイを軽く緩めた添嶋が座る。

ふわりと風に乗って微《かす》かなシトラスの香りがした。匂いに敏感な瑞原にもようやくわかるかわからないかという程度の微香だ。上着を脱ぐまで気づかなかった。

「どうかしたか?」

訝しげに問われ、瑞原は図らずも添嶋に目を向けたままぼうっとしていた自分に気づく。

「いえ。なんでもありません」

添嶋はひょいと片方の眉を上げただけでそれ以上追及してこず、手元に置かれたメニューを広げて瑞原にも見せた。食事はコースでお任せになっているらしく、メニューは飲み物だけを載せたものだった。日本料理店にしてはワインの揃え方が素晴らしい。ざっと見た感じ百種類超えていた。もちろん日本酒や焼酎《しょうちゅう》の種類も豊富だ。

「アルコールは大丈夫な方？」

「普通には飲めますが。でも、添嶋さんはこの後も運転するでしょう？」

「せっかくこうしてきみに付き合ってもらっているんだ。車は明日取りに来ればいい。心配しなくても、きみはちゃんとタクシーで送り届ける」

「そういうお気遣いは無用です」

もともと添嶋に自宅まで乗せていってもらうつもりはなかった。瑞原の住んでいるマンションは広尾《ひろお》にあって、ここからなら地下鉄ですぐだ。瑞原は小さな頃から両親や祖父母に連れられてよく銀座に食事や買い物をしに来ていたため、今でもどこかに出かけるとなると銀座に足を向ける習慣がついている。いろいろといい店を知っていそうな添嶋が瑞原を銀座に連れてきたのはたまたまだろうが、他のどこより勝手がわかって落ち着ける場所なのは間違いなかった。もしかすると添嶋の自宅もこの辺りなのかもしれない。

添嶋は、わざわざ蔵元に出向いて仕入れてきたという冷酒を選び、ガラスの徳利に二合持ってこさせた。

「次の乗務はいつ？」

「明後日の羽田発新千歳《しんちとせ》行きの第一便です」

そこまで詳しく教える必要もなかったが、瑞原は注がれた冷酒を杯に受けつつ答えていた。

よく冷えた辛口の酒はするりと喉を通る。

輪島塗《わじまぬり》の半月盆の上に一品ずつ供される懐石は、見た目の美しさも味も文句の付け所がない。

「ここの料理長は京都《きょうと》の料亭で修業を積んだ人だそうだ」

なるほど、言われてみれば味付けが関西風だ。

「よくこういうお店に来るんですか？」

瑞原ももっと添嶋のことが知りたくなって聞いてみた。自分のことばかり話させられるのが癪《しゃく》だったのもある。

「それほど頻繁ではないな。付き合いで来る場合がほとんどだ」

きちんと手入れされた指がガラスの杯を持って口元に運ぶ。なんということもないその様から瑞原は目が離せず、気がつくと逆に揶揄《やゆ》するような添嶋の視線を受けていた。

気まずさにじわりと頬が熱くなる。

「さっきの話の続きだが」

いかにも含みのありそうな笑みを湛《たた》えたまま添嶋は言い出した。

咄嗟《とっさ》に何のことか察せられず、瑞原は眉を顰《ひそ》めた。

「きみと違って俺は家事全般を一通りこなす。休日はたいてい自分でキッチンに立つ。俺と付き合ってみるのは案外きみにとって有意義なんじゃないかと思うんだが？」

「付き合うって……。いったいどういう意味に取ったらいいんでしょう？」

添嶋の真意が定かでなくて瑞原は当惑する。衒《てら》いもせずに堂々と自負心をひけらかし、本人がそういうのならきっとそうなのだろうと相手を納得させてしまう点はさすがだが、瑞原には肝心なところが摑《つか》めていなかった。添嶋は何が言いたいのか。――いや、正確には薄々察しはついているものの、本当にそれでいいのかどうかまるっきり自信が持てないのだ。

「そこまで俺に言わせる気か」

参ったな、と添嶋は渋面を作る。

だが、うやむやにするつもりはなさそうで、すぐに表情を引き締め直すと、冗談など入り込む隙《すき》もない真剣な口調であらたまる。

「最初に断っておかなければいけなかったが、俺はゲイだ」

この告白には瑞原も驚かなかった。これまでの会話から、おそらくそういうことなのだろうと感じていたからだ。添嶋は初めから隠す気は毛頭なさそうだった。もし瑞原がはっきりと聞いていたなら、いつでも今のような調子で答えてくれただろう。添嶋は常に堂々としている。

すべては自分自身に対する誇りと自信の強さからきているに違いない。瑞原にはそこまでの強さはない。意地を張って何事にも動じない振りをし通すのがせいぜいだ。

瑞原が「はい」と平静に受け止めたのに対して、添嶋はフッと苦笑した。いかにも瑞原らしい返事の仕方だと思ったようだ。

「できればきみをもっと深く知りたい。俺が嫌でなければ付き合わないか」

添嶋の言葉にはいささかの迷いもない。

「ちょっと、待ってください」

もう少し何か説明してくれるものとばかり思っていた瑞原は、添嶋の単刀直入さにまたもや戸惑った。

「こういう場合、僕もそうなのかどうか、まず確かめるものなのでは？」

「聞けというなら聞くが」

添嶋はどちらでもよさそうに泰然として返す。

添嶋と向き合っていると、瑞原は器の大きさを端々に感じさせられる。ときどきついて行けなくなるのは、たぶん瑞原が小者だからなのだろう。添嶋からは傲慢《ごうまん》さや鼻持ちならない自意識過剰さはまったく窺えない。淡々と己を見据え、驕《おご》らず卑下せず実像に見合った言動をする。そんなふうにして常に自然体でいられる添嶋が羨ましい。近くにいれば、自分もそうなれるのだろうかと思い、微かに心が動いた。

自分から言い出しておいてなんだが、実をいうと瑞原は、自分自身のセクシャルなアイデンティティを今ひとつ確立できていなかった。今まで真剣に考えたためしがなかったのだ。好奇心も湧かず、クラスメートの女の子から交際して欲しいと申し込まれても、男の先輩から部室でどさくさに紛れて押し倒されても、「悪いけど」「すみませんが」と冷静に退《しりぞ》けてきた。

「……だめだという気はしないんですが」

瑞原は精一杯正直に答えた。

「ああ。俺にもそれはなんとなくわかる。たぶんきみはそうなんだろうと俺には思えるんだが、こればかりはきみの問題で、俺がどうこう決められるものじゃない。自分自身曖昧なのならば、とりあえずできそうなことを試してみる手はある」

「例えば、あなたと付き合うとか、ですか?」

「俺は嫌か?」

率直に切り込まれると、瑞原も自分の気持ちを取り繕う余地がなくなる。

「嫌ならここにも来ていません」

「そうだ。俺もそう思う。だからこうしてきみに交際してくれと申し込んでいるんだ」

添嶋の自信には裏付けがあるのだ。もっともそれは逆で、裏付けがあるから自信たっぷりな物言いができるというのが正解だろう。

「敵《かな》わないな」

本音が思わず呟きとなって零《こぼ》れてしまい、瑞原はハッとして冷酒を口に含んでごまかした。真横に座る添嶋にも当然聞こえたはずだが、こういうとき添嶋は実にスマートに知らぬ振りを通してくれる。

瑞原は添嶋のこうした懐の深さに、今まで他の誰にも抱いたことがなかった気持ちを湧かせた。別段一人でいることを寂しく思った覚えはないのだが、添嶋となら一緒にいてもいいかもしれないと感じられてきた。

「あの。僕はちょっと変わっているようなんですが」

添嶋がすぐに後悔する可能性もあると思って、瑞原は先回りして断っておくことにした。

面白そうな顔をした添嶋に、黙って先を促される。何を今さら、と言いたげな添嶋のまなざしがちょっと癪だったが、瑞原は無表情に徹したまままそっけなく続けた。

「一人暮らしが長いせいかもしれませんが、人が傍にいると落ち着けないんです。物の位置が変わるのも嫌いで、目を瞑《つむ》っていてもここに何があるとわかるようになっていないと苛々《いらいら》してしまいます。あと、ご存じのとおり、盆も正月も関係ない勤務形態で、月のうち半分近くは自宅にいられません。趣味もなければ取り立てて特技もない。無味乾燥な男だと思いますけれど」

「まぁ、確かにきみはなかなか手強そうだが、困ったことに俺はきみみたいな少々捻《ねじ》れの入ったタイプに惹かれるようでね」

「ひねくれ者で悪かったですね……！」

歯に衣着せぬ添嶋の言葉にカチンときて、瑞原は手酌しようと氷の張られた桶に浸けられた徳利に手を伸ばす。

「可愛いと同義だったんだが」

すかさず先に徳利を取り上げられ、可愛いなどと思いも寄らぬふうに言い換えられて、瑞原は狼狽《うろた》えた。

「わかりませんでした」

注がれた酒をくいっと呷《あお》り、場を凌《しの》ぐ。

喉越しがいいため、いくらでもするすると入っていく。

「あまり飲み過ぎるなよ」

添嶋は苦笑しながら瑞原を窘《たしな》めた。

「わかっています。ご心配なく」

もとより、ここから一人で地下鉄に乗って帰る気でいる瑞原は、酔って言動が怪しくなるほど飲むつもりはなかった。今までにもそんな醜態を晒《さら》したことはない。

ただ、添嶋の横にいると妙に気持ちが和み、心地よさのあまり次第に開放的な気分になってきたのは事実だ。

夏野菜の焚き合わせや、巻エビと生ウニを贅沢《ぜいたく》にあしらった蓮《はす》豆腐など、絶品の料理が出されるたびに自然と酒も進む。

途中で一度徳利が空になり、添嶋が一合追加したのは覚えている。

添嶋はかなり酒に強いらしかった。量的には添嶋の方が多く入っているはずだが、酔いの兆候はどこにも出ていない。

瑞原も歩けなくなるまで飲むような真似はしなかった。

ただ、確実に酔いは回っていて、店を出たとき頭の芯《しん》がとても気持ちよく痺《しび》れていた。

「きみの家はどこだ？」

気がつくとタクシーの後部座席に乗っている。

瑞原は緩く首を振り、一人で帰れます、というようなことを言って、添嶋に遠慮なく失笑された。そこでまたムッとしたため、若干意識が鮮明になった。しかし、それもほんの数分あまりのことだったらしい。

広尾の駅から歩いて五分の場所にあるマンションにタクシーが着いたとき、添嶋まで一緒に下りてきた。

「どうしたんですか。僕は今夜あなたを部屋には入れませんよ」

添嶋に腕を取って支えてもらっているにもかかわらず、瑞原は恩に着るどころか失礼な牽制《けんせい》の仕方をしてしまった。酔っている者を相手にしているとはいえ、好意を蔑《ないがし》ろにされた添嶋はさぞかし不愉快だっただろう。

しかし、添嶋は微塵《みじん》も愛想を尽かしたようではなく、フッと息をついただけだった。瑞原の世話を焼くのはやぶさかでないらしい。

辛抱強くて奇特な人だなと瑞原は酩酊《めいてい》した頭で思い、同時に胸をきゅっと締めつけられるような心地を味わった。痛みではなく甘い息苦しさが広がっていく。なんだろうこれは、と瑞原は速まる鼓動を持て余し、当惑する。

「ここまででいいです」

エントランスの明かりが届かない植え込みの傍で、瑞原は添嶋の胸板に手をかけ、別れの挨《あい》拶《さつ》をしようと顔を上向けた。

添嶋が瑞原の二の腕にかけていた手にぐっと力を込める。

接近してくる添嶋の顔にえっと思った次の瞬間、瑞原は唇を塞がれていた。温かく、見かけよりずっと柔らかな唇が、瑞原の唇に触れている。

予期せぬ行為に瑞原は頭の中が真っ白になってしまった。

何も考えられない。

感じられるのは唇を優しく覆う粘膜の感触だけだ。

鼻から息を吸い込むと、微かにシトラスの香りがした。

添嶋の匂いだ。

そう知覚した途端、全身にざわっと官能のさざ波が立った。

「……ん……っ」

思わず声が洩れてしまう。

添嶋がゆっくりと、とても名残《なごり》惜しげに唇を離していった。

瑞原は潤んだ目で間近にある端整な男の顔を茫然《ぼうぜん》と見つめた。

「おやすみ。近いうちにまた連絡する。嫌でなければもう一度会ってくれ」

添嶋は瑞原の耳朶《じだ》に唇を寄せて囁《ささや》くと、火照《ほて》った頬を一撫でしてから瑞原の背中をエントランスに向けて軽く押しやってくれた。

まだ唇にキスの感触がくっきりと残ったままだ。

瑞原はぎこちない足取りで自動ドアを潜り、入った先にあるオートロックのガラス扉の手前で外を振り返った。

添嶋はまだ先ほどと同じ場所に立っていた。暗い中だったが、すらりとした長身が目に飛び込んできた。

瑞原は添嶋に会釈をすると、センサー付きの鍵《かぎ》を翳《かざ》してオートロックを開けた。

結局今夜は添嶋に返事をしなかった。

付き合うとも付き合わないとも瑞原の口からは言っていない。

だが、キスはうっとりしそうになるほど心地よく、もう少しで瑞原は添嶋に「やっぱり上がっていきますか」と聞きそうになるところだった。

答えはすでに出ている気がする。

「……初めてだ、こんなのは」

部屋に入って玄関ホールにある壁鏡に自分の顔を映した瑞原は、ほんのり赤くなった頬をじっと見つめながら、これは酔いのせいだろうか、それとも……、と考えるのだった。

Ⅳ

日本初の国産ジェット機事業でボイニクス社の販売協力を得られることになり、双方の実務者レベルによる作業部会がつくられると、添嶋《そえじま》の身辺はいっきに慌ただしさを増した。かねてより決まっていた製造工場見学の前後にも、この件に関連したスケジュールが多々入り込んできて、プライベートな時間がほとんど取れない状況になる。

仕事が忙しいこと自体は苦ではなく、むしろ大変な遣り甲斐《がい》を覚えてこれまで以上に意欲的になっているのだが、その一方で、取っかかりを掴《つか》みかけたばかりの瑞原《みずはら》との関係をいっこうに進められずにいるのは正直もどかしい。

二度目のデートで早くも付き合ってくれと申し込み、瑞原からのきちんとした返事も聞かぬうち、衝動を抑えきれずにキスしてしまった。我ながら驚くべき性急さだ。添嶋は瑞原に完全にのぼせている。それは自覚していた。いつの間にここまで気持ちが強くなっていたのか、自分でも戸惑うばかりだ。

キスまでは早かったが、その後添嶋は瑞原に会えぬまま、すでに十日近くが過ぎている。

パイロットである瑞原の勤務時間は不規則で、いったん乗務に就くと、国内路線を担当していても泊まりがけになることが多いらしい。月曜日は早朝発の第一便で新千歳《しんちとせ》に飛ぶと言っていたが、羽田《はねだ》・新千歳間を一往復した後、さらに今度は福岡《ふくおか》まで行って一泊したようだ。翌日また羽田に戻ってきて、この日もどこかをもう一往復したのだろう。

火曜日に帰宅した瑞原と、夜少しだけ電話で話ができたが、添嶋は瑞原が疲れているのを感じ取り、声が聞きたかっただけだと言ってすぐに電話を切った。

あの細い体で北に南にと飛び回るハードな仕事をこなしているとは、つくづく感心する。よけいな世話だと迷惑がられるかもしれないが、大丈夫なのか、無理はしていないかと心配で、できれば顔を見て労《いたわ》ってやりたい気持ちが募りもする。食生活の有り様を聞いたからか、ちゃんとバランスの取れた食事をしているのかも気がかりだ。

添嶋の気持ちは日に日に固まっていっている。

しかし、瑞原がどう思っているのかはまだ確かめられておらず、添嶋は待ちの状態だった。

火曜日に声を聞けてからこっち、よほどタイミングが悪いのか、一度も電話が繋《つな》がらない。わざと避けられているわけではないと信じたいところだが、なにしろ話ができていないので実際どうかは知りようがない。別れ際の様子を思い出し、瑞原も決してキスを嫌がってはいなかった、と己を慰め励ますばかりだ。

そうこうしているうち、ロサンゼルス経由でフェニックス近郊の都市、メサに出立する日を迎えた。

ロサンゼルス到着が現地時間の午前十一時過ぎの予定で、添嶋はそのまま国内線に乗り換えて目的地に直行する。この日はアリゾナ州の州都であるフェニックスにホテルを取っており、翌日ボイニクス社から宿泊先まで迎えの車が来て、メサの工場に連れていってくれる手筈《てはず》になっている。工場で現地の担当者と会った後は、フェニックスにもう一泊する。ロサンゼルスに戻るのはその次の日だ。ロサンゼルスでは仕事の予定はないが、一泊して翌日ゆっくり戻ってこいとのお達しなので、都合五日間の出張ということになる。

当分瑞原には会えなさそうだ。添嶋はビジネスクラスのシートに身を預け、嘆息した。

瑞原は今どこの空を飛んでいるのかと思いを馳《は》せる。最近の添嶋はたいていこんなふうだ。ふとした拍子に瑞原を頭に浮かべ、あれこれ想像しては胸を熱くする。瑞原のことを考えていると心が軽くなり、自然と顔が綻《ほころ》ぶ。惚《ほ》れてしまったなと噛《か》み締めさせられることがしばしばあった。

移動はスムーズにいった。

添嶋は夕刻にはフェニックスのホテルにチェックインし、シャワーを浴びてベッドで一眠りし、旅の疲れを癒せた。

フェニックスは全米で五番目の規模を誇る大都市だ。年中乾燥していて、九月までの夏場には日中の最高気温が四十度に達する日も多い。ロスやニューヨークには何度か来たことのある添嶋だが、フェニックスは今回が初めてだ。

せっかくだったので、夕食は外で食べることにした。フロントで美味《おい》しいメキシカン料理の店はないかと聞くと、フェニックスで一番だという店を教えてくれた。

行ってみると、スプリンガービルやニューヨークにも店舗を構えるチェーン店のようだったが、辛くて美味《うま》くて雰囲気もメキシコにいるような感じでよかった。添嶋は料理が好きだ。食べるのはもちろん、作ることにも関心がある。家ではほとんど自炊だと言うと、たいていの人に意外がられるのだが、美味しいものを食べるためには少々の努力は厭《いと》わない。機会があれば瑞原にも腕を振るってみせたいところだ。

時差に体を馴染《なじ》ませるため、ホテルに戻ったら午前零時過ぎにはいつもの感覚でベッドに入った。

銀座《ぎんざ》のカウンター割烹《かっぽう》で瑞原と食事をしたとき、話題の大半はお互いの仕事に関することになった。その際、時差ボケの話も出たなと思い返しながら、添嶋はベッドで寝返りを打つ。

パイロットになって一番気を遣っているのは体調の管理で、最も辛《つら》いのが時差だと瑞原は眉間に皺を寄せて話していた。

出張先ではどうしているのかと聞いてみたところ、瑞原もやはり、無理にでも現地の時間に合わせて寝起きをするそうだ。時差克服法は添嶋もそれ以前に何度か他のパイロットたちから聞いたことがあったが、だいたい二パターンに分かれるようだ。瑞原がやっている方法と、もう一つは、現地時間を無視して日本でのリズムを貫き通すというやり方だ。

添嶋が瑞原に、「俺もきみと同じだ」と言うと、瑞原は切れ長の目でちらっと添嶋を見て、いつものとおりむすっとした形に結んでいた唇を、僅《わず》かばかり緩めた。

酒が入って体温が上がっているせいか普段より赤みが濃くなった唇から目が離せなくなり、キスしたいと最初に思ったのはあのときだ。

店でもタクシーの中でも我慢していたのだが、別れ際、とうとう理性の糸が切れてしまった。

添嶋は再び寝返りを打ち、枕に頭を埋め直しながら、もう一度瑞原にキスしたくてたまらなくなってきた。

突然のことに驚いておののき、微《かす》かに震えていた唇の感触を、添嶋ははっきりと覚えている。

あのときは口唇を吸うだけにとどめたが、本音はもっと深く奪いたかった。

瑞原に会いたい気持ちが膨らんでくる。

一目でいいから会いたい。そして、もう一度瑞原を口説き、そんなに言うなら試しに付き合ってみてもいい、と折れさせたい。

帰国したら電話してみよう。

添嶋はそう心に決めつつ、いつの間にか眠りについていた。

翌朝午前十時、迎えにきてくれた現地の担当者とロビーで落ち合った添嶋は、車に乗って工場に向かった。

まずオフィスに案内されて、先方の管理職や、ロサンゼルス支社から来ていた役席者らと顔を合わせ、握手を交わす。

ボイニクス社はアセンブリー工業だ。航空機の様々な部品やパーツを世界中の会社から買い集め、組み立てる。松菱《まつびし》重工も機体の骨格に当たる後方部分を製造し、ボイニクス社に納入している。金属の溶接作業などは一切行わず、部分ごとに組み立てた後それぞれを繋ぎ合わせ、ネジで留めていくのだ。

出来上がった航空機を試しに飛ばしてみなければならないため、広大な敷地内には格納庫と共に滑走路まで整備されている。

工場は巨大な箱型の建物を六つ並べた形をしており、前面にある左右三枚ずつの引き戸式の扉を全開にすると、アメフトのコート六面分にもなるという。さすがはB747を製造する工場だ。添嶋も頭では承知していたはずだが、あらためて規模の大きさを実感した。

ヘルメットを被《かぶ》って実際に組み立てが行われている作業場を見て回りながら、添嶋は技術者から製造工程の大まかな説明を受けた。

今後、国産ジェット機事業に関して添嶋に任される職務は、世界中の航空会社を相手にした営業戦略の展開だ。製造面に関しては基本的にノータッチだが、手本となる現場を実際に見ておくのは有意義だった。

ボイニクスの担当者たちとも直接遣り取りすることで親近感が増す。

先方にも気に入ってもらえたらしく、ディナーの後ホテルまで送り届けてもらったとき、次はぜひ日本で会おうと言われ、親しげに肩を叩《たた》かれた。

部屋に戻った添嶋は、携行しているノートパソコンでメールチェックをした。

ズラリと受信トレイに並ぶ件名の中に秘書からのものがある。

開けてみると特に急ぎの用事はなかったが、最後に添えられた一行が、添嶋の胸をたちどころにざわめかせた。

『ロイヤル航空の瑞原様からお電話をいただきました。明日ロスに着くのでお時間があれば連絡をくださいとのことでした。携帯電話が番号そのままで通じるそうです』

瑞原がロスに来る。

しかもそれをわざわざ会社経由で添嶋に知らせてきてくれた。

何だか信じられない状況だが、あれこれ考える余裕もないほど添嶋の気持ちは浮き立った。

この十日ばかり電話もろくにかけられない日々が続いていて、お互いの忙しさが恨めしくなりかけていたところだ。縁がありそうでないことに、苛立《いらだ》ちと焦りを感じたときもある。それでも諦《あきら》めきれず、帰国したら必ずと昨晩心に決めたばかりだった。

まさか瑞原からこんな連絡を寄越すとは、予想外の嬉《うれ》しさだ。

添嶋は明日が待ち遠しくてならず、夜通し、瑞原が乗務した便は今頃きっとこの辺りを航行中だななどと思いを馳《は》せ、気持ちが昂《たか》ぶってなかなか寝付けなかった。こんな胸の逸《はや》らせ方はティーンエイジャーの頃以来ではないだろうか。

添嶋は翌日フェニックスを午前中に発つ便でロサンゼルスに戻った。

空港内のアライバル・カウンターに問い合わせてみると、成田《なりた》発のロイヤル航空００４便はオンタイムの到着予定だと言う。午前十一時十五分あたりだ。

ここで瑞原の到着を出迎えたいほど会いたい気持ちが高まっていたが、瑞原にはクルーの一員としての立場があるだろうからそうもいかない。

ロスでの滞在先になっているホテルに向かい、頃合いを見て、午後一時少し前に部屋から電話をかけてみた。

『はい』

瑞原は四コール目で出た。

若干尖《とが》った印象のある瑞原の声を、添嶋の耳はすでに馴染んだものとして受けとめる。

「ようやくまた声が聞けたな」

電話に向かって言いながら、添嶋は満面に笑みを湛《たた》えていた。

『僕からの伝言、受け取っていただけたんですね』

瑞原の語調も第一声とは違ってぐっと柔らかくなった。いくぶんはにかんだふうにも聞こえる。もしかすると、瑞原自身、どうしてこんな柄にもない真似《まね》をしたのか定かでないのかもしれない。

「嬉しかった」

添嶋は瑞原に、連絡をつけようとしてくれたことを僅かでも後悔させまいとして、率直に気持ちを伝えた。

「俺が出張する予定だと話したのを心に留めていてくれたんだな」

『ええ。記憶力はいいんですよ、僕』

照れくささを払いのけるようにして瑞原は言った。普段だと、あまり電話で話をするのは好きではなさそうで、早く切ろう切ろうとするのが伝わってくるのだが、今日の瑞原はむしろ会話を長引かせたがっている感じがする。こうして添嶋と話しているのが嫌ではないようだ。

「きみはもともとこのタイミングでロスに飛ぶスケジュールだったのか？」

『いいえ。本来乗務するはずだったコーパイが急な体調不良で乗務できなくなって、スタンバイしていた僕が急遽《きゅうきょ》代行することになったんです。行き先を知らされたとき、これも縁なのかなと不思議な気持ちになりました。あなたが本当にロスにいるのかどうか確かめたくなったんです。それで、会社に思い切って電話を。……僕はずいぶん大胆でしたか？』

「いや、驚きはしたが、本当に嬉しかった。昨晩メールを見てきみが今日着くのを知ったんだ。この際だから正直に打ち明けるが、興奮してなかなか眠れなくて参ったよ」

『オーバーですね』

瑞原は呆《あき》れたように言ったが、その実、添嶋の言葉を疑っていないのが感じられた。

「フライト中、少しは休めたのか？」

『ロス便は三名態勢で乗務するので、三時間ずつ交替で横になれるんです』

「だったら、夕方から食事でもどうだ？　もしキャプテンたちと先約があるのなら、その後で軽く一杯飲みに行くだけでもいい」

職場の付き合いもあるだろうから添嶋は無理は言わなかった。本音は何をおいても会いたいが、瑞原をクルーの中で浮かせてしまっては悪い。

『キャプテンには、昼寝をするので起きられるようだったら行きますが、時間までに集合場所に来なかったら待たずに出かけてくださいと言ってありますから、それは大丈夫です』

「そうか」

瑞原もまた添嶋に会いたがってくれているのだと感じられ、添嶋は短い相槌《あいづち》を打ちながら歓喜していた。十日間も声さえ聞けない状況があって募っていた想いが、ここにきていっきに胸の内から迸《ほとばし》るようだった。

『僕の方からそちらに伺ってもいいですか？』

瑞原は意外に積極的な一面を見せた。こうと決めたら迷わない潔さがあるようだ。

「ああ、もちろんだ。一休みして疲れを取ってから来るといい。何時になっても俺は構わない。きみのペースで無理せず行動してくれ」

『そうします』

ホテルの名前と部屋番号を瑞原に告げ、添嶋は受話器を置いた。

東京ではなかなか叶《かな》わなかった瑞原との三度目のデートが、西海岸で実現するとは嬉しすぎる誤算だ。

瑞原の気持ちが次第に添嶋に近づきつつあるのを感じる。いささか自惚《うぬぼ》れすぎだろうか。

もうすぐ瑞原に会えると思うと、部屋にいても心が弾んで落ち着けない。

本音としては一刻も早く会いたい。しかし、添嶋から瑞原のいるホテルに出向くのは、他のクルーの目を考えると、控えるに越したことはなかった。十時間のフライトをこなしたばかりで疲れているであろう瑞原に、わざわざここまで足を運ばせるのはたいそう気が咎《とが》めたが、添嶋は待っているしかなかった。

添嶋の宿泊先はダウンタウンの中心部、ロサンゼルス現代美術館のすぐ傍《そば》に建つホテルだ。電話を切って一時間経たぬうち、来客を告げるチャイムが鳴る。添嶋はてっきりルームメイドか誰かホテルのスタッフが来たのかと思い、ドア越しに「誰だ？」と英語で声をかけた。

『瑞原です』

予想外の返事に添嶋は驚き、慌ててドアを開く。

「お久しぶりです」

ゆったりとした七分袖のプルオーバーにジーンズという出で立ちの瑞原は、表面的にはまるっきりこれまでと変わらず、気難しげで、どこか不本意そうな顔つきをしている。まるで嫌々来たような感じにも見えたが、その実まなざしに気恥ずかしくてたまらなさそうな色合いが混ざっているのがわかって、添嶋は不器用な瑞原の心を過《あやま》たずに汲《く》み取った。

「早かったな」

「寝ると夜まで起きられなさそうだったので」

瑞原は淡々と答え、躊躇《ためら》いがちに付け足す。

「ご迷惑でしたか？」

「とんでもない」

添嶋は瑞原を部屋に入れ、三人掛け用の大きなソファを勧めた。

「暑かっただろう。何か飲むか？」

「水で結構です」

ミニバーの冷蔵庫から取り出したミネラルウォーターをグラスに注いで差し出すと、瑞原は礼を言って受け取った。

喉《のど》が渇いていたらしく、さっそくグラスを傾け、冷えた水を口にする。

反らされた首に目が行き、視線を外せない。添嶋はソファの横合いに置かれた肘《ひじ》掛《か》け椅子に座り、水を飲む瑞原を見守った。

喉仏が上下する様に、添嶋は、白くてほっそりとした首筋に手を触れ、体温と脈拍を感じたくなってきた。

あの晩のキスを瑞原はどう受けとめているのだろう。そして、今どんな気持ちでそこに座っているのか。添嶋には聞きたいことが山ほどある。

グラスの水を半分以下に減らしたところで、瑞原は添嶋と顔を合わせた。

「すみません」

「何が？」

いきなり謝られ、添嶋は面食らって眉を寄せた。

瑞原はぎくしゃくした手つきでグラスをガラス製のローテーブルに載せると、目を伏せたままぼそりと言う。

「後先考えずに行動してしまって」

「なぜだ？　俺はきみとこうして会えたのを喜んでいるが、きみは後悔し始めたのか？」

「……ええ、少し」

添嶋は瑞原の返事に失意と不安を覚え、眉間に皺を刻む。

「やはり俺ではだめか？　ここに来てそれを確信した？」

「そうじゃなくて……、僕は自分自身がわからないから戸惑っているんです。もっとよく考えて答えを見つけてからあなたと会うべきだったのではないかと思えてきました。でなければあなたに対して不実なことをしている気がします」

「俺がいい返事を期待しても、きみが応えられるかどうか定かでないからか？」

添嶋には僅かも瑞原を責める気持ちはなかった。注意深く、優しさと労りを込めて聞く。

瑞原は唇をきゅっと噛んだまま、覚束なげに膝《ひざ》に載せた両手の指を組み合わせたり外したりする。こんなふうに落ち着かない瑞原は初めてだ。瑞原が胸中で激しく悩んでいるのがつぶさに感じ取れた。

「まだノーの答えを出したわけでないのなら、俺としてはこれからもこうやってきみと会いたい。この前別れ際にあんなことをしておいて今さら信用ないかもしれないが、きみが納得するまで俺は待とう。きみは俺のことは気にせずに、答えを見つければいい。会わなければ俺のいいところも悪いところもわからないはずだ」

「僕は今回ようやく、自分がいかに臆病《おくびょう》で、自信のかけらも持ち合わせていないのか、思い知らされました」

「ずいぶん遠慮がちになったものだな。だが、どうなんだろうな。俺は逆に、きみはこの件に関してはもっと厚かましくなってもいいと思うが」

現に添嶋は瑞原に絆《ほだ》されきっている。瑞原の言動に一喜一憂し、ふとした拍子に必ずといっていいほど脳裏に浮かべてしまうほどにだ。

「キスは嫌だった？」

真面目に尋ねると、瑞原は「いいえ」と低く呟《つぶや》くように返事をする。

添嶋は瑞原の正直さが微笑《ほほえ》ましくなり、さらに好意を増した。

「俺が今後もあんなふうにするのは嫌か？」

一つ一つ確かめていく。

そうすることで、瑞原自身摑みきれずにいるらしい気持ちが少しでも明るくなれば、という気持ちだった。

「……困ります、そんな質問」

瑞原は怒ったように言う。本気で困惑しているのが表情から見て取れる。

嫌なら嫌といつもの瑞原なら容赦なしに答えているだろう。嫌ではないから瑞原は悩むのだ。

しかし、ここでもし嫌ではないと答えると、どういうことになるのか、早々に結論が出てしまうのではないか、と自分の判断に自信が持てなくなっている瑞原は考え、怒ってはぐらかすことしかできずにいるのだ。

「わかった。きみを困らせるのはよすから、そんな顰《しか》めっ面《つら》をするな」

「すみません」

添嶋が穏やかに退くと、瑞原はたちまちバツが悪くなったらしく、神妙に詫《わ》びてきた。

心の揺れを制御できずにいる瑞原は、冷静沈着に取り澄まして隙《すき》を見せない普段の瑞原に比べ親近感が湧《わ》く。添嶋は本気で可愛いと感じ、傍に行って抱き締めたくなった。だが、困らせないと約束したばかりなのでぐっと我慢する。

「僕はちょっとどうかしていたみたいです。まさかの代行乗務で、気持ちが先走り、勢いづいてしまったんだと思います」

「べつに俺はそれでも問題ないんだが」

添嶋は含み笑いしながら言った。

むしろ、瑞原にはもっと理性を取り払って欲しいくらいだ。

「俺も喉が渇いたな。コーヒーでも持ってきてもらうか。それとも、外に出てカフェにでも入るか？」

「ここでコーヒーをいただけますか。わざわざ場所を変えるのは億劫なので」

相変わらずこういうことははっきりと言う。

添嶋は頷《うなず》くと、ルームサービス係に電話をかけるため椅子を立った。

瑞原に背を向ける形で窓際に据えられた書き物机の上にある電話の受話器を上げ、コーヒーを二つ届けてくれるよう頼む。

「十分ほどかかるそうだ」

電話を終えてソファにいる瑞原を振り返った添嶋は、おや、と目を眇《すが》めた。

ほんの一、二分の間に、瑞原は背凭《せもた》れに後頭部を預けて眠り込んでいる。

疲れているのだ。無理もなかった。

傍に行って寝顔を確かめても瑞原は起きない。熟睡しているようだ。

「しっかりしているようで意外と衝動的なところがあるんだな。おまけに無防備だ」

添嶋は苦笑して独りごちると、再度電話をかけ直し、注文をキャンセルした。

そうして、間仕切りを兼ねたテレビボードの向こう側にあるダブルベッドの上掛けを剝《は》いでくると、寝込んでしまった瑞原を起こさないように気をつけ、靴だけ脱がせて抱え上げた。いかに瑞原が細いとはいえ、男一人を腕に抱えるのは相当な力が必要だ。だが、ずしっと両腕にかかる重みも、抱いているのが瑞原だと思えばまったく苦ではない。しっかりとした足取りでベッドに運び、シーツの上にゆっくり下ろす。長い睫毛《まつげ》が微かに動いた気がしたが、添嶋は瑞原が起きたとは思わなかった。毛布を掛けてやり、不埒《ふらち》な気持ちになるのを避けるため、ベッドから離れようとしたときである。

不意に手首を摑まれて、添嶋はギョッとした。

瑞原が毛布から右腕を出し、添嶋の手を取って引き止めている。開いた両目は真っ直ぐ添嶋を見上げていた。

「少し寝るといい。俺は向こうで本でも読んでいる。起きたら食事に行こう」

瑞原を安心させるつもりで言ったのだが、瑞原はじっと添嶋を見つめたきり手を放そうとしない。

「……朔也《さくや》？」

添嶋は腰を折って瑞原に顔を近づけると、初めて瑞原を下の名で呼んだ。この場合、それが最も自然な気がしたのだ。

「試してみてはいけませんか」

囁《ささや》くほどの小さな声で瑞原は言った。

黒い瞳は潤みを帯び、これ以上口に出させないでくれとばかりに、非難と羞恥《しゅうち》と懇願を湛えている。

「俺はいいが。きみは、したことを絶対後悔しないと誓えるか」

それだけは確かめておかずにはいられない。

瑞原ははっきりと頷き、添嶋の手首を握る指に力を込めてきた。

瑞原が望むのなら、こんな展開もあっていいだろう。

添嶋は深々と一つ息をつくと、瑞原の手を摑み直し、五指を絡めて固く握りしめた。

※

カーテンを閉じて暗くした部屋で、裸になった添嶋がギシリとベッドを揺らして瑞原の隣に上がってくる。

瑞原の心音は耳まで届くほど大きくなっていた。

胸が壊れんばかりに震え、気を抜くとたちどころに意識が薄れてしまいそうだ。慌ただしく上下する胸板をなんとか抑えようとするが、焦れば焦るほど動悸《どうき》は酷《ひど》くなる。自分から添嶋を誘ったのに、瑞原はプルオーバーを脱ぐことも、ジーンズのウエストを緩めることもできず、ただシーツに横たわっているだけだった。

「大丈夫か？」

顔を近づけてきた添嶋に真剣な面持ちで確かめられる。

ベッドサイドの明かりで照らし出された添嶋の裸体は想像以上に逞《たくま》しく、瑞原を感嘆させた。余分な弛《ゆる》みなどいっさいない、綺麗に筋肉のついた肩や胸板、長い腕、頑健そうな腰。自分の貧弱な裸を見せるのが気後れする。

「お願いだから、何も聞かないでください」

瑞原は添嶋を見上げ、頼りない声で頼んだ。

「その代わり、あなたがしたいように僕を扱ってくれていいです」

「本気なんだな。わかった」

さらに顔を近づけてきた添嶋は、瑞原の耳朶《じだ》に唇を寄せ、息を感じさせつつ囁いた。

それだけでぞくりとする痺《しび》れが体の芯《しん》に生じる。

思わず声を洩らしかけ、瑞原は慌てて目と唇をぎゅっと閉じると、脇《わき》に下ろしていた両手の指でシーツをまさぐった。

添嶋の体が瑞原にのしかかってくる。

腰から下を、体重をかけて敷き込まれ、瑞原は密《ひそ》かに狼狽《うろた》えた。

もう逃げ場はない。自分で望んだとおり、添嶋に身を委《ゆだ》ねて行くところまで行くしかないのだ。怖くないと言えば嘘になる。だが、こうする以外、瑞原にはどうすれば自分の気持ちを定め切れるのかわからなかった。

不意打ちにキスされたあの夜以来、瑞原はずっと添嶋のことを考え、頭を悩ませ続けてきた。追い払おうにも脳裏から去らないのだ。唇を掠《かす》めた温かな息、うっすらと湿った粘膜の心地よさ、色気に満ちた声。いつでもまざまざと思い出せた。

添嶋の唇が瑞原の口元に下りてくる。

瑞原は再び瞼《まぶた》を軽く閉じた。

柔らかく熱っぽい感触が唇を覆った瞬間、初めてキスされたとき以上に強い歓喜が瑞原を襲い、全身に広がる。

唇を塞ぎながら添嶋は瑞原の体に腕を回し、ぎゅっと抱き締めてきた。

「……んっ、……う」

我知らずあえかな声が洩れる。

瑞原も添嶋の剝き出しの背に手をやり、キスと同時に堅くて弾力のある肉体の触り心地を堪能した。

この前は優しく触れるだけのキスだったが、今日はそれでは終わりそうになかった。

角度を変えて何度も唇を接合させ、吸った後、添嶋は舌先で上唇と下唇の合わせめを辿《たど》る。

瑞原が結んでいた唇を解いてうっすらと隙間《すきま》を作ると、添嶋の舌はすかさず口の中に滑り込んできた。

「あ、……んっ……！」

慣れないことに瑞原はおののき、首を振って逃れようとしたが、添嶋の手が頰に添えられると安堵《あんど》し、覚悟を決めて濃密な行為をおずおずと受け入れた。

口腔《こうこう》内を搔《か》き混ぜ、唇の粘膜を触れ合わされるたび、淫らに湿った水音がする。

恥ずかしくてたまらないが、それ以上に気持ちがよくて、瑞原の体は次第に火照《ほて》ってきた。

「熱い……」

ようやく口を離されたとき、瑞原は喘《あえ》ぐように息を吐いて訴えた。濡《ぬ》れた唇をちらりと舌で舐《な》め、潤んだ目で添嶋を見上げる。

「脱ぎたい。脱がせてください」

プルオーバーの裾を捲《まく》り、しっとりと汗ばんだ素肌に自らの手のひらを這《は》わせつつ、瑞原はぼうっとした口調で求めた。

「脱いだらもう俺は途中でやめてやれなくなる。それでもいいんだな？」

添嶋は慎重だった。

ぎりぎりまで瑞原の意思を尊重しようとしてくれている。

遊びなんかでは決してないという添嶋の本気がひしひしと伝わり、瑞原はなぜか泣きそうになってきた。心を強く揺さぶられ、感情が昂《たか》ぶる。

添嶋にならなにをされても後悔しないという気持ちが込み上げた。

「僕が欲しいなら、やめないでください」

ちくしょう、と添嶋は嬉しさを隠しきれぬ顔で苦笑いしながら悪態をつく。

「きみはとんでもないやつだ。涼しい顔をして俺を手玉に取り、参らせる。堕《お》ちるなというほうが無理だ」

忌々しさと小気味よさを一緒くたにした調子で言うと、添嶋は瑞原の服に手をかけ、頭から抜かせて剝ぎ取った。ジーンズも下着ごと下ろされる。

「俺は少し寝て休めと言ったのに、聞かずに誘ってきたのはきみだ。途中で寝たって許さないからな」

全裸になった瑞原を添嶋はいっそう強く抱き竦《すく》めてきた。

骨が軋み肺が潰《つぶ》れそうなほど激しい抱擁に、瑞原は「はあっ」と喘ぐような吐息を洩らす。苦しいが充足感があって心地いい。もっと強く抱かれてもいいとすら思う。肌と肌を密着させ、互いの熱と鼓動が溶け込んで一つになる感覚に、瑞原は安らぎと幸せを覚えた。

誰かに抱き締められるのがこれほど心を満たすとは想像もしなかった。

「……あなたの匂い、好きです」

ほのかに立ち上るシトラスの香りに気がついて、瑞原ははにかみながら言った。

「きみは俺が好きなんだ」

添嶋は自信たっぷりに決めつける。

こんなふうに言っても嫌みにならず、傲慢《ごうまん》だとも感じさせないところが添嶋のすごさだ。

瑞原はクスッと笑い、「どうなんでしょう」とはぐらかす。

今までさんざん悩んできたというのに、ここですんなり認めてやるのは悔しかった。まだ瑞原は答えを出したわけではない。

口の減らない瑞原を懲らしめるには直接体に思い知らせるしかないと添嶋は悟ったのか、今度は荒々しく唇を貪《むさぼ》ってきた。

いきなり唇を割られ、舌を搦《から》め捕られる。

「……うっ……う、……んんんっ！」

舌や唇を痛いほど吸い上げられる一方、手で胸や脇を撫で回されて、瑞原は呻《うめ》いた。

指先を肌に辿らせられるだけで、いちいち体がビクビクと引き攣《つ》ってしまう。

「感じやすいんだな」

添嶋は瑞原の濡れた唇を自らの口で拭《ぬぐ》いながら囁く。

「あ、あっ……、いや……っ」

ぽつりと突き出た乳首に触れられ、瑞原は身を捩《よじ》った。

「こんなところまで勃《た》ってる」

「嫌だ、そんな」

羞恥に顔が上気する。乳首を勃っているなどと表現され、弄《いじ》り回されるとは思いもしなかった。添嶋は平常からときおり意地悪になるが、ベッドの中ではその度合いが増すようだ。

添嶋が体をずらした拍子に股間のものが擦られる。

刺激を受けて瑞原は「ひっ」と短く声を発した。

すでに芯を作っていた陰茎がますます硬く張り詰める。

しかし、添嶋はあえてそこには手を触れず、両胸の飾りを手と口で苛《いじ》め続けた。

充血して凝った乳首を摘んで磨り潰すようにされたり、唇に挟んで吸い尽くしたり舌先で弾いて嬲《なぶ》られたりする。そのたびに強烈な刺激が湧き起こって、瑞原は電気を通されたように肩や腰を弾ませ、嬌声《きょうせい》を上げた。

「あぁ、もう、もう……、添嶋さんっ……！」

弄られれば弄られるだけ感じやすくなる己の体に、瑞原は当惑して弱音を吐いた。

「和臣《かずおみ》だ、朔也」

こういうときは名前で呼べと添嶋に求められる。だが、言い慣れないので、瑞原はすんなりと口に出せそうになかった。

「男は初めて？」

添嶋は瑞原のそそり立つ陰茎にようやく手を伸ばしてくると、真面目に聞いてきた。

瑞原は黙って頷く。この期に及んで嘘をついても仕方がない。

「きみを大切にしたい。精一杯優しくするつもりだが、辛かったら我慢しないで教えてくれ」

瑞原はこくりと喉を鳴らして唾《つば》を飲み込んだ。

何をするのか頭ではわかっていても、実際経験してみないことにはどんなふうになるか予測がつかない。添嶋を信じて身を任せるしかなかった。

巧みな手つきで陰茎を愛撫《あいぶ》しながら、添嶋は瑞原に足を大きく開かせた。

太腿《ふともも》の間に添嶋が体を入れてくる。

片方の足を膝で曲げて立てさせられたかと思うと、僅かに開いた双丘の奥にもう一方の手が忍び込んできた。

指先で窄《すぼ》んだ秘部を撫でられる。

「あ、あっ……！」

陰茎を扱き立てられる刺激と相俟《あいま》って、瑞原は上擦った声を放った。

前を弄られるのの比ではない恥ずかしさに身を捩って逃れかけた瑞原の腰を、添嶋はがっちりと押さえ込む。

「い、嫌だ。触らないで。挿《い》れるだけにしてください」

「無茶を言うな。本気にする男がいたらどうするつもりだ」

添嶋は瑞原を軽く睨《にら》んで叱《しか》り、後ろから意識を逸らさせるように陰茎に加える愛撫の手に熱を込めてきた。乳首にも舌を這わせ、噛んだり吸ったりしてくる。

「あぁっ、あ、……嫌っ、感じる」

弱いところを徹底して責められ、瑞原ははしたない声を立て続けに放って身悶《みもだ》えた。

先端は先走りで濡れ、添嶋の手まで汚している。

敏感になりすぎた乳首はジンジン痺れて熱を持ち、空気が触れただけで瑞原を感じさせ、悩ましく喘ぐはめになる。

一方で添嶋の指は恥ずかしい部分にもかかっていた。

瑞原の溢《こぼ》す先走りを中指で掬《すく》い取り、ぬめりを伴った淫液《いんえき》を秘部に擦り付け、入り口になる箇所を濡らす。

襞《ひだ》の一本一本を引き延ばすように丁寧に指を使われ、瑞原は何度も腰をくねらせた。

「あぁ、もう、いかせて！」

泣かせどころを心得た添嶋の手淫で限界まで追い上げられていた瑞原は、あられもなく叫んで哀願し、身を仰《の》け反らせた。

「い、いくっ、あああっ」

とうとう瑞原は堪えきれず、力ませていた全身を激しくわななかせ、白濁を迸らせた。

「ううう……っ」

放った途端、体が弛緩する。

猛烈な悦楽にぐったりとした瑞原を抱き寄せた添嶋は、愛情の籠《こ》もる口づけを小刻みに与え、汗ばんだ額の生え際や頬を撫でる。

心地よさに瑞原はうっとりとした。

「きみはいくときの顔もいい」

「やめてください……そんな言い方」

「悪いがやめられないな。きみの困った顔はもっと好きだ」

添嶋は愉しげに笑ってうそぶき、瑞原の首筋にもキスをする。

肌を吸われる甘い痛みに瑞原は眉を寄せた。

運航便の就航の関係で、ロスには今日から三日間滞在する。多少の無茶をしてもそれまでには体調を調えられるはずだ。キスの痕《あと》もわからなくなるだろう。もっとも、添嶋はちゃんと考えて、衣服を着たとき隠れるところにだけしか痕を残すようなまねはしていない。どれほど夢中になっていても決して我を忘れないところが、自分自身なるべくそつのない行動を心がけている瑞原には好ましかった。

しばらく瑞原にキスと抱擁を与えて穏やかに愛《いつく》しんでくれていた添嶋は、やがて、枕の下に手を差し入れて何か取った。小さめのチューブだ。中身は察しがつく。

「用意がいいんですね」

冷やかすと、添嶋は弱いところを衝かれたように苦笑した。

「今朝、フェニックスを発つ前に買っておいた。いざというとき、きみを傷つけたくなかったんだ」

「あなたにはまるでこうなることがわかっていたみたいですね」

「いや。それはない」

添嶋の目は真摯《しんし》だ。

　ぎゅっと心を掴まれた心地がして、瑞原は揶揄《やゆ》したことを反省した。添嶋は口先だけでなく本当に瑞原のことをきちんと考えてくれている。あらためてそれを感じ、胸に込み上げるものがあった。

「……僕は、なんだか、とても淫らな気持ちになってきました」

　今までにもさんざんはしたないところを晒《さら》していたが、これからもっと乱れてしまいそうな予感がする。

「それは嬉しい。本番はこれからだ」

　添嶋は不敵に微笑むと、瑞原の下肢をさらに大きく割り開き、ゼリー状の潤滑剤をたっぷりつけた指を襞に触れさせてきた。

　潤滑剤のひやりとした感触に一瞬身が竦《すく》む。

　しかし、すぐに体温で溶けて温まり、秘部が濡れそぼつ感覚に取って代わられる。

「できるだけ力を抜いているんだ」

　添嶋は丹念に瑞原の入り口を解した上で、ぐっと指を一本潜らせてきた。

「あっ、あ、……あ」

　そのままゆっくりと狭い通路を押し広げながら指が埋め込まれてくる。

「痛いか?」

顔を見て聞かれ、瑞原は首を振った。

違和感はあるが痛くはない。

十分に濡れて滑りのいい液体を纏《まと》った指は難なく瑞原の中に付け根まで収まった。

中に入れた一本の指を添嶋は注意深く動かしだす。

抜き差ししたり、中で曲げて様々な角度で内壁を押し上げたりされ、瑞原は感じて喘いだ。

「い、いい……あ。……あ、そこ、気持ちいい」

瑞原が顕著に反応したところを添嶋は的確に責め、ますます官能に溺《おぼ》れさせる。

初めてにもかかわらず、瑞原は後孔への愛撫《あいぶ》に感じ、はしたなく乱れた。

「朔也、おまえ、色っぽすぎるぞ」

一度抜き去られた指が二本に増やされて戻ってくる。

いっきに倍の太さになって、瑞原は嬌声を放ち、顎《あご》を反らせた。

「このくらいで音《ね》を上げられては困る」

添嶋は瑞原の紅潮した頰に口づけを落とすと、自信たっぷりに宣言した。

「そろそろ俺も我慢できなくなってきた」

言われるまでもなく、瑞原も先ほどから添嶋の雄芯《おしん》が猛々《たけだけ》しく反り返り、太腿に当たってきているのを承知していた。

触ってみたくなり、手を伸ばして握り込んでみる。

熱を帯びて硬く、手にようやく収まるほどの嵩《かさ》を持つものに、瑞原は思わず息を呑《の》んだ。

こんなもの入らないと恐れを覚えてしまう。

「怖いか？」

たじろいだ瑞原に気がついたらしく、添嶋が顔を覗《のぞ》き込んでくる。

「……少し」

瑞原は意地を張らずに白状した。

「でも、ください。欲しい」

ここまで来たからには添嶋のすべてが知りたい。

この怒張した楔《くさび》で貫かれることを想像しただけで、全身に官能の震えが走る。

「俺はきみが好きだ。とことん参っている」

「和臣さん」

今度は自然に添嶋が呼べた。

名前で呼ぶといっそう情が湧いてくる。

ああ、もう、認めるべきかもしれない。

瑞原はほとんど気持ちを固めつつあった。固めるというより、最初からそうだったのをようやくごまかさずに受け入れられてきたという方が正しいだろう。

添嶋の硬い先端が瑞原の濡れた秘部に宛《あ》てがわれる。

瑞原は目を瞑《つむ》り、添嶋の両肩に手をかけた。

「力むな。大丈夫だ、入る。きみのここ、俺を欲しがってひくついている」

「言わないでと言っているのに……！」

瑞原は自分でも火照りを感じるほど羞恥に頰を上気させ、プイと顔を横向けた。

体の力は緩めたままだ。無意識にも添嶋の忠告に従っていた。

ぐぐっと硬いものが窄んだ襞を突き破る。

覚悟していた以上の圧迫感と重みに、瑞原は苦鳴を洩らした。

「唇を嚙まずにもっと声を出せ。その方が楽になる」

「あ、あっ、あぁあっ！」

ずぷっと先端を埋め込まれ、今度こそ瑞原は悲鳴を上げる。

穿《うが》たれたところが火で焼かれるように熱い。

太いものを銜《くわ》え込まされた襞は伸びきり、なんとかして窄まろうと添嶋を締めつける。

「朔也、俺を見ろ」

言われて瑞原は濡れた睫毛を瞬かせて目を開けた。

欲情を湛えた端整な顔が間近にある。

「和臣さん……、あ、ああ……っ」

「愛してる」

汗ばんだ顔中にキスを散らされ、喘ぐ唇を軽く啄《ついば》まれ、瑞原はいっとき痛みを忘れた。

「……本当に、本当に、僕でいいんですか……?」

譫言《うわごと》のようにそんな言葉が口を衝く。

瑞原が一番憂慮していたのは、おそらくそれだ。自分なんかで添嶋は満足するのか。すぐに飽きて離れていかれるのではないか。その不安が添嶋を好きだと認める気持ちにセーブをかけている。自分の臆病さ加減を瑞原は承知していた。

「俺はきみでないとこんなふうにならない。誓ってもいい」

添嶋の言葉は瑞原の胸に深く染み込んできた。

自然と目頭が熱くなり、ぽろぽろと透明な粒が零《こぼ》れ落ちる。

「嬉し泣きじゃないと困るぞ」

「あなた、本当に意地が悪い……」

瑞原は鼻を啜って涙目で添嶋を睨んだ。

てくる。

添嶋はニッと不敵に唇の端を上げると、さらに腰を進め、ぐぐっと熱い楔を瑞原の中に埋めてくる。

「あぁ……、いい」

添嶋が感極まった声を洩らした。

「きみの中が俺に絡みついてくる」

並大抵ではない嵩のものを受け入れている瑞原にも、痛みだけではなく快感が少しずつ訪れるようになっていた。

添嶋が身を進めてくるたびに、淫らな悦楽が背筋を走り、脳を痺れさせる。

「あっ、あ、あ」

そのたびに瑞原はあられもない声を出し、ビクビクと全身を震わせ、のたうった。

ピンと尖ったままの乳首を指で弄られ、再び兆してきた下腹の器官を摑んで扱かれる。

「ああ、あっ、感じる、感じる……っ」

上半身を弓形に反らしてのたうつたび、奥まで入り込んだ添嶋をぎゅっと引き絞ってしまう。

「朔也」

添嶋は悦楽にまみれた顔つきをしている。

「全部入った」

添嶋は心持ち照れくさげに告げると、瑞原の唇を塞ぎ、舌を絡ませてきた。唾液《だえき》を混ぜて啜り合う淫靡《いんび》なキスをする。

その間、添嶋はゆるやかに腰を動かし続けていた。

「はっ、はっ……あ、あぁぁ」

濃密なキスの合間にひっきりなしに喘ぐため、瑞原の顎は唾液で濡れる。添嶋はそれも舌と唇で舐め取った。

「もう、……もう、どうにかなりそうです」

「付き合おう、朔也。いいだろう、もう俺にここまで淫らな姿を見せてくれたんだ」

「あぁ、待って。嫌だ、待ってください……！」

「もう俺は十分待った。この先はきみがちゃんと返事をするまで放さない」

ベッドに入るまでの辛抱強さはどこへやったのか、添嶋はいざとなると強引だった。

こうして抱いているうちに、瑞原の気持ちが添嶋に向いていることを確信したらしい。

添嶋は瑞原の腰を抱え、自らの下腹部にぐいっと引き寄せると、いっそう深く貫き直す。

「あああっ」

雷で打たれたような感覚に瑞原は新たな涙を溢れさせ、嬌声を上げた。

快感が痛みを凌駕《りょうが》して瑞原を淫らに悶《もだ》えさせる。

そのまま添嶋は瑞原の腰を支えて抽挿を開始した。

先端だけを残して抜いたものをいっきに奥まで突き戻す。

「ひっ、あ、あぁ、あっ……！」

瑞原は法悦に身をのたうたせた。

ずっずっと粘膜を激しく擦り立てながら抜き差しを繰り返され、あられもなく啜り泣く。

「やめて、……お願い、許してっ、許してください！」

「嫌か？　そうじゃないだろう」

添嶋は瑞原の前を摑み、欲情して雫《しずく》を溢す隘路《あいろ》に触れる。

「ああ、あ、……あ」

いく、またいく、と瑞原は添嶋の背中に爪を立て、叫んだ。

大きく頭を振ったため、乱れ散った髪が頰や額に打ちかかる。

「綺麗だ、朔也」

添嶋は瑞原の尻《しり》に腰を打ちつけて責めながら、感嘆したように言う。

「俺ももうだめだ」

添嶋の声も切羽詰まってきている。

色っぽくて、声を聞いただけで瑞原は、首筋が引き攣って顎がぶるっと震えるほどの官能を味わった。

抽挿の速度が速くなる。

肌と肌が打ち合わさる音がひっきりなしに辺りに響く。

もう、瑞原は何が何だかわからなくなっていた。

添嶋がいくところを見たい。それだけが頭の片隅にある。

「うう……！」

頭上で低く呻いた添嶋は、瑞原の最奥を突き上げるなり動きを止めた。

「和臣さんっ」

熱い迸りが狭い器官をしとどに濡らす。

添嶋が瑞原の中で達したのがわかった。

「……あぁ……あ」

同時に瑞原も禁を放ち、昂揚《こうよう》して泣きながら添嶋に縋《すが》りつく。

乱れた息と息を絡めるように、夢中でキスを交わし合う。

初めてのセックスとは思えない意気投合ぶりだ。

「あぁ、もういい。……もう、いいです」

瑞原は興奮を抑えきれぬまま、自棄《やけ》を起こしたように添嶋の唇を何度も啄みながら言う。

「あなたが好きです。僕をどうにでもしてください」

「朔也」

添嶋が瑞原を強く抱き竦めてくる。

下肢はまだ繋いだままだ。

瑞原の体は汗と自分の放ったものでべっとりと濡れていたが、添嶋は気にすることなく肌を合わせてくる。

「この続きは帰国してからだ」

「ええ」

瑞原はもう迷わなかった。

添嶋に抱き締められたまま横たわっているうちに、だんだん瞼が重くなる。

今度こそ抗《あらが》いようもなく睡魔に取りつかれたようだ。

気がつくと瑞原は眠っていた。

起きたのは午後八時過ぎだ。

先に身支度を整えていた添嶋と顔を合わせたとき、照れくさくてどうしようもなかった。添嶋はベッドのすぐ傍にある安楽椅子に腰かけ、瑞原が自然に目覚めるのを見守っていたようだ。

「起こしてくださったらよかったのに」

「あと三十分しても起きなければ、キスをしようと思っていた」

「和臣さん」

瑞原は添嶋の肩に手をかけ、誘うように目を閉じた。添嶋がそんなつもりでいたとは知らず、起きてしまって残念だ。せっかくなのでキスはして欲しい。

「起きて早々俺を誘惑する気か」

渋い顔をしてみせながらも、添嶋はまんざらでなさそうだ。

チュッと音をさせて瑞原の唇を吸い、愛しげに頬を撫でてくれる。

瑞原は添嶋に腕を取ってベッドから起き上がらせてもらうと、シャワーを借りて服を着た。

その後、近くのレストランに食事をしに行く。

テーブルに着いて向き合い、添嶋を見ていると、このままずっと一緒にいたい気持ちが募る。

添嶋もできればそう望んでいるようだった。

だが、瑞原は分別をつけて「帰ります」と言った。きりがなくて、ますます離れがたくなりそうだったからだ。

添嶋は大人だ。瑞原がきっぱり意思表示すると引き止めようとせず、黙って承知して瑞原をホテルの近くまで送ってくれた。

別れ際、暗がりで交わしたキスだけは、情動のまま濃密になった。

「帰国したら三日ほど休みになるんだろう？」

「ええ、たぶん」

キスでぼうっと酩酊《めいてい》した頭で瑞原は答えた。添嶋のキスは媚薬《びやく》のようだ。

「俺は明日の便で帰国する。土曜日、会わないか。外で会うのが面倒なら俺のマンションに来るのはどうだ？」

「……いいですよ」

瑞原ははにかみながら了承した。

すでに気持ちは添嶋に寄り添っている。

この先何が待ち構えているのか、怖いような楽しみなような気持ちだった。

V

午前十一時頃とだいたいの時間を決め、四ツ谷《よつや》駅に着いたら電話をしてくれと言っておいたら、几帳面な瑞原はきっかり十一時に添嶋の携帯を鳴らしてきた。

「すぐに迎えにいく」

ロスで交わした約束どおりに瑞原を自宅に招待できて、添嶋は柄にもなく気持ちを浮つかせていた。

添嶋の住んでいる六番町《ろくばんちょう》のマンションから駅までは徒歩五分の距離だ。

「……早かったですね」

改札を出たところで待っていた瑞原は、添嶋と顔を合わせると面映《おもは》ゆげに目を伏せ、長い睫毛を瞬かせる。ジーンズの上にカーキ色のシャツを身に着けただけのラフな服装だが、制服のとき同様にきちんとした印象で、付け入る隙を見せないところは相変わらずだ。

「歩いて三分ちょっとで着いたのは新記録だ。それでも、きみがもし機嫌を損ねて帰ってしまっていたらと思うと気が気でなかった」

「失礼な人ですね、あなたも」

瑞原は呆れたように口を尖らせ、不本意そうな顔をする。

「確かに僕はあまり気が長い方ではないですけど、いくらなんでも五分が待てずに帰るほど極端ではありません」

「それだけ俺がきみに夢中になっているという意味だ」

添嶋は冗談でもなんでもなく告げると、「行こうか」と瑞原を促した。

肩を並べて駅前の大通りを歩く。

「ロスではゆっくりできたのか？」

「いつものとおりです。僕はどこに行っても基本的にホテルから出ないので」

「体は大丈夫だったか？」

初めての瑞原に負担をかけすぎたのではないかと、遅ればせながら添嶋は気にしていた。

「翌日までは少し違和感が残っていましたけど、部屋でずっと休んでいたので復路の乗務には影響しませんでした」

添嶋より二日遅れで一昨日東京《とうきょう》に戻ってきていたはずの瑞原は、こういうことは隠さずに話してくれる。

「昨日は一日寝ていたのか？」

「ええ」

「疲れは取れた?」

「……いちおう」

期待に満ちた添嶋のまなざしに気がついたのか、瑞原はうっすらと頬を桜色に染め、わざとらしく突《つ》っ慳貪《けんどん》に返事をする。ここで添嶋をつけ上がらせて、やりたい放題されては敵《かな》わないと身構えたのだろう。

最初のうちはわかりづらかった瑞原の反応が、今はだいぶ読めるようになってきた。瑞原は見てくれを裏切らない繊細で神経質な面を持ちつつ、しばしば大胆で無頓着な部分も覗《のぞ》かせる。しっかりしているようでいて案外不器用で頼りなげなところがあり、添嶋は微笑ましく感じる。

「な、なんですか、添嶋さん」

含みのある笑顔になった添嶋に、瑞原はムッとしたように眉を顰《ひそ》める。それでも瞳には喜色が出ていて、本音は瑞原もこうした遣り取りを楽しんでいるのが察せられた。

「いや。それなら今日は存分にきみといろいろなことができそうだと思って、わくわくしてきただけだ」

「わくわくなんて、あなたが口にする言葉じゃないですよ」

瑞原にやり込められても、添嶋の気持ちはまさにそのとおりだった。

大通りを左折して雙葉《ふたば》学園前を過ぎると、添嶋の自宅マンションは目の前だ。

「低層なんですね」

九階建ての建物を見て瑞原は意外そうにする。

「僕の勝手なイメージでは、あなたは六本木《ろっぽんぎ》辺りに建っている超高層マンションで、モデルルームみたいな部屋に住んでいることになっていました」

「ふうん。きみが俺のことをあれこれ想像してくれていたとは光栄だな」

「あれこれじゃありません……！　それだけです」

瑞原は失言だったとばかりに狼狽え、ムキになって否定する。

こういうところは絶対すんなり認めない。からかい甲斐《がい》があって楽しかった。

車寄せのあるエントランスを潜って二重のオートロックを解除し、パブリックスペースである一階のホールを横切る。

「お帰りなさいませ」

ホテルのフロントのように管理員がカウンターにいることに、瑞原は軽く緊張したようだ。

「嫌だな。すぐに顔を覚えられてしまいそうで」

「頻繁に来ると俺の恋人だとわかってしまうから？」

添嶋は瑞原を横目で見て冷やかした。

図星を指されて先ほどよりいっそう赤くなった顔が愛しい。

エレベータで八階まで上がる。

各戸に通じる絨毯《じゅうたん》敷きの廊下の手前にガラスの仕切り戸があり、そこもオートロックで管理されている。

「ずいぶんセキュリティのしっかりしたマンションなんですね。自慢ではありませんが、こんなのは初めて見ました」

「ここと、最上階の二フロアだけこうなっている。正直俺もたまに面倒くさいと思うよ」

瑞原が住んでいる広尾のマンションも、しっかりした造りのいい物件だった気がしたが、添嶋がそう振ると、瑞原はそっけなく「あれは賃貸です」とだけ返した。プライベートに関するガードはまだまだ堅い。添嶋はもどかしいながらも、少しずつ瑞原が添嶋を己のテリトリーに入れていってくれる過程を愉しんでいた。

「どうぞ」

玄関を開け、瑞原を中に入らせる。

瑞原は微かに躊躇う素振りを見せたが、すぐに気を取り直したらしく、添嶋の背中に従ってリビング・ダイニングへとついてきた。

気持ちのいい初秋の陽光が差し込むリビングは明るく開放的な空間になっている。

L字型をした大きめのソファに座り、不躾《ぶしつけ》にならぬ程度に室内を見渡した瑞原は、ずいぶんリラックスして見える。

「食事は？」

ソファの傍らに立ったまま添嶋はシャツの袖を折って捲《まく》り上げつつ聞いた。

「出てくる前に軽くすませてきましたけど」

「じゃあ、オードブル程度ならまだ胃に入る余裕はあるな？」

「あなたが作るんですか」

「言っただろう、俺は料理が好きだと」

「話半分に聞いていました」

瑞原はときどき容赦がない。真っ正直でおべんちゃらの類《たぐい》が不得手のようだ。添嶋はそんなところも引っくるめて瑞原が好きだ。征服のしがいがあると思う。

冷蔵庫を開けて食材を取り出していると、一人でリビングに座っているのが退屈になってきたのか、瑞原もキッチンを覗きに来た。

「手伝いましょうか？」

「包丁握ったことあるのか？」

細くて綺麗な指をちらりと流し見て聞いた添嶋に、瑞原は「あまり」と精一杯見栄《みえ》を張ったふうに答える。

それでも、普段はまったく料理をしなさそうな瑞原がせっかく手伝うと言ってくれているので、添嶋は断らずに瑞原をシンクの前に来させた。カップレーゼにするトマトを洗ってくし形に切ってもらう。

「指を切らないように気をつけて」

「大丈夫ですから黙っててください」

こんなふうにして恋人と二人でキッチンに立つのは久々だ。

昔のことを思い出してどうこうというのではなく、添嶋は瑞原と休日を自宅で過ごせる幸せに満ち足りた気持ちになる。ここ数年はずっと仕事にばかり熱を入れてきたが、これからはこうした時間も大切にして、充実させていきたいと思う。

「きみと会えて俺は幸運だった」

熱したフライパンに、オリーブオイルとにんにく、ローズマリーを入れ、香りが立ってきたところで殻を剝いて背わたを取ったエビを加えてソテーしながら、添嶋は瑞原に感謝を込めて言った。

「な、なんですか……、藪《やぶ》から棒に」

モッツァレラチーズをぎこちない手つきでスライスしていた瑞原が、気恥ずかしげに文句をつける。瑞原は面と向かって好意を示されると動揺するらしい。苦言を呈されるのには免疫があっても、甘い科白《せりふ》には不慣れのようだ。

「言葉のとおりだよ」

添嶋は余裕たっぷりににこりと笑ってみせ、フライパンに蓋《ふた》をする。

「……何を作っているんですか、それは？」

まだ少し頬を薄桃色にしたまま、瑞原は突っかかった態度を引っ込めて聞いてきた。

互いの気持ちが徐々に寄り添っていく感触が心地いい。自然と笑みが浮かぶ。

「エビのローズマリー風味だ。蒸し焼きにした後、塩と胡椒《こしょう》で味を調えるだけの簡単な料理だから、きみにもできる。食べるときレモンを搾《しぼ》るんだ」

「美味しそうですね。たぶん自分で作ることはないと思いますが」

「そうだな、きみは料理なんかできなくてもいいよ。それより俺の手料理に参らせておく方が得策だ」

「自信家すぎやしませんか」

瑞原は添嶋の厚かましさに釘《くぎ》を刺すようなことを言ったが、内心嬉しそうなのが目つきから察せられた。

カップレーゼとエビのローズマリー風味の他に、添嶋は牛肉のカルパッチョとシーザーサラダを用意した。

出来上がった料理はリビングのローテーブルに運ぶ。ダイニングテーブルにきちんと着いて食事をするより、その方が気楽だ。

クッションを投げ出したラグの上に直接座る。

添嶋はこういうふうにしゃちほこばらずに恋人と寛《くつろ》ぐのが好きだ。趣味のいいレストランやバーでロマンチックに過ごす雰囲気も捨てがたいが、人目を気にすることなく、誰にも邪魔されず、好きな相手を独り占めできるのは嬉しい。

キッチンで一緒に作った手料理と冷えたワイン、リビングでの誰にも気兼ねする必要のない二人きりのランチタイムは、瑞原をリラックスさせ親近感を増させたようだ。普段に比べると瑞原はぐっと口数が多くなり、そのうち自分から添嶋に身を寄せてきさえした。

「酔っているわけじゃありませんよ」

「ああ」

撓垂《しなだ》れかかってきた細い体を己の胸に抱き寄せ、添嶋は、わかっているから、と瑞原を安心させる。

二人で空けたワインのうち、三分の一強は瑞原が飲んだ。

シャツ越しにも瑞原の肌が熱を持っているのが感じ取れる。首筋や頬も赤らんでいて、潤んだ瞳が艶《つや》っぽい。

「朔也」

添嶋は瑞原の顎に手をかけて掬《すく》うように擡《もた》げると、桜の花びらで染めたような唇に自らの口を重ねた。

チュッと音をさせて啄み、柔らかな感触を堪能する。

瑞原も気持ちがいいらしく、自分から唇を開き、隙間から舌の先をちらりと覗かせた。

誘惑されるまま、添嶋は瑞原の口に舌を差し入れ、キスを深くする。

舌と舌を絡めて唇を接合させるたび、淫らな水音が響く。

「……んっ……ん……、和臣さん」

腕で支えている瑞原の頭が次第に重みを増してくる。

添嶋はゆっくりと瑞原の体をラグに倒していった。

されるままおとなしく添嶋に身を委ねる瑞原は、酩酊した表情をしている。濡れてうっすら開かれたままの唇がどうにも官能的で、添嶋は瑞原のさらさらの髪に指を差し入れ、頭を愛撫しながら貪るようにキスをした。

口腔内を掻き回し、感じやすい箇所を尖らせた舌先で擽《くすぐ》ると、瑞原はビクッビクッと顎を震わせ、あえかな声を洩らす。

添嶋はもっと瑞原がのたうつところを見たくなり、シャツの上から胸板に手を這わせ、胸の尖りを探り当てて摘んだ。

「い、嫌……っ」

瑞原の体が大きく身動《みじろ》ぐ。

唇を繋いでいた透明な唾液の糸がぷつっと切れた。

「キスしただけでこんなふうになっているのに嫌なのか?」

添嶋は瑞原の顔を間近から見下ろし、わざと意地の悪い発言をする。

「……弱いの、知ってるでしょう……」

フイと顔を背け、瑞原は聞こえるかどうかというくらい小さな声で返す。

「ああ、そうだったな。きみはここを吸われると我慢できなくなって、恥ずかしい声をいっぱい上げるんだった」

「あなたは……っ、面白がってますね!」

瑞原にキッと睨まれる。だが、欲情に潤んだ色っぽい目でそうされても、添嶋はかえって官能を煽られただけだ。

添嶋は瑞原の頬に宥《なだ》めるようにキスしながら、シャツの裾をスラックスから引き出して、右手を中に潜らせた。

しっとりと汗ばみ、上気した肌が、手のひらに吸いつくようだ。

「あ、あっ。嫌っ、嫌だ、感じる」

裸の胸を撫で回し、物欲しげにツンと尖って硬く膨らんだ乳首を指の腹で弄ってやると、瑞原は顎を反らせて上体を弓形にした。脇に下ろしていた両手を上げて顔を隠そうとする。

「感じている顔を俺に見せてくれ、朔也」

「嫌です。恥ずかしい……！」

「今さらだろ」

添嶋は往生際の悪い瑞原の手を取り、自分の肩に縋《すが》らせた。

「きみはとても綺麗だ。綺麗で可愛い」

「か、可愛いって、なんですか。そんなこと誰も言いませんよ……」

「きみが言わせない雰囲気を作っているからだ。俺としてはありがたいが」

瑞原は何か言い返したかったらしく唇を開きかけたものの、結局適当な言葉を思いつけなかったようだ。諦めたように口を噤み、添嶋の肩に置いていた手を首に回す。

無意識でやっているのだろうが、瑞原はこういう場合の甘え方は上手だ。添嶋は愛情を募らせ、瑞原の細身をしっかり抱き締める。

「俺とこんなふうになって後悔してないだろうな？」

瑞原を抱く腕に力を込め、添嶋は念のため確かめる。

ロスで瑞原は添嶋を好きだと言ってくれたが、あれは悦楽のあまり我を忘れて口走ったのかもしれない。あの場の雰囲気に流されてという可能性を無視できない状況だった。添嶋もかなり強引に「付き合おう」と迫った自覚がある。

「べつに、してませんけど」

なぜですか、と瑞原は問うような視線を向けてくる。

「たぶん俺は今ひとつ自分に自信がないんだろう。ずっと押しの一手できたから、きみに無理やり付き合うことを承諾させてしまったのでは、という不安がどこかにある。俺があんまりしつこいから、きみも仕方なく折れてくれたんじゃないかとね」

「和臣さん」

いつもの自信はどこへやら、滅多になく弱気なところを見せてしまった添嶋が、瑞原には相当意外だったようだ。一瞬大きく目を瞠《みは》り、続いてフッとおかしそうに微笑する。

「そんなふうに考えていたんですか。悪いけど僕はそこまでお人好しではないですよ」

「ああ、それはわかっている」

添嶋は余裕たっぷりで憎らしい恋人の口を乱暴に塞ぐのと同時に、胸の弱みを指の腹で撫で回して刺激した。

んんっ、と瑞原が堪らなさそうに喘ぐ。

「きみは知らないだろうが、俺はそれほど夢中になっているんだ」

「……僕だって、たぶん、あなたが思っている以上に参ってますよ」

艶めかしい息をつきながら、瑞原は面映ゆげに睫毛を伏せ、呟くように言う。

添嶋はにわかには信じられず、まじまじと瑞原の顔を見据えた。

「いつからだ？」

「僕にもそれがわからなくて困惑しています」

押し倒されたままこんな告白をするのが悔しいのか、瑞原は添嶋の体をどかせようとする。

添嶋は瑞原を抱き起こすと、ラグに座ったまま肩を並べてソファの足下に背中を預けた。

「最初の頃はあなたのこと、自信家で押し出しが強くて迷惑な人だなと思っていたはずなんですけど」

乱れた髪を搔き上げながら瑞原はずけずけと言う。

思わず添嶋は苦々しく口元を綻ばせた。

「自覚されてるでしょうけど、あなたは堂々としていてとても魅力的な方だから、話しかけられて嫌だと感じる人はまずいないと思います。でも、そういう人に突然お茶に誘われたり、食事を一緒にと言われたりしたら、普通の人間は当惑しますよ。なぜよりによって自分なんかに声をかけるんだろう、なんの冗談だ、と疑ってかかります」

「ひどいな。それじゃあ俺はどうやって関心を持った相手にアプローチすれば胡散臭《うさんくさ》がられないんだ」

「釣り合いの取れた相手を選べば問題ないんじゃないですか」

「ちょっと聞くが、きみはまさか自分のことを、ごくごく普通の目立たない男だとでも思っているのか？」

「思ってますけど？」

何か文句があるのかとばかりに瑞原は眉を吊《つ》り上げる。

「呆れたな」

添嶋は瑞原の無自覚さに肩を竦め、瑞原の頭をぐしゃりと掻き乱す。

「何するんですか……っ」

瑞原は身を捩って添嶋を軽く睨む。

「この俺を一目惚れさせておいて、ぬけぬけと自分には何の魅力もなさそうなことを言うからだ。謙遜《けんそん》だとしても、過ぎたるは及ばざるが如しだぞ」

「僕はめったに謙遜などしません」

それは添嶋もとうに承知している。

「まったくきみは。俺は振り回されっぱなしだ」

「気のせいです」

間髪容れずに返す小癪《こしゃく》な口を、添嶋は指で押さえて閉じさせた。

「朔也」

耳朶に唇を寄せて囁く。

ピクンと瑞原の首筋が引き攣るように震える。

「惚れた弱みだ、いくらでも俺を振り回せばいい」

「だから、そんなつもりはないと……」

耳元で話されると緊張するのか、瑞原の声は頼りなげに上擦っていた。

「今日はようやくきみとゆっくり会えたんだ。もっと有意義なことをして過ごそう」

「あ……っ」

返事の代わりに瑞原は、添嶋の息遣いを感じたのか、微かな喘ぎ声を洩らし、喉をこくりと鳴らした。

「俺は来週また海外出張だ。出張といっても、実際は接待ゴルフなんだが」

「来週？　どこですか。またロスですか？」

「いやハワイだ。ハワイでゴルフなんて面白くないと思うんだが、先方のたっての希望でオアフ島に行くことになった」

「僕も次の国際路線乗務はホノルルです」

「いつの話だ？　俺は木曜に発って日曜に戻る予定だが」

あいにく四日間しかスケジュールを取らなかったため、たとえ日程が合ったとしても現地で瑞原と会う時間は捻出できないのだが、運がよければ瑞原の乗務する便に乗れるかもしれない。

しかし、瑞原の返事は添嶋の期待したものとは違っていた。

「残念ですね。ちょうど一日ずれています。僕は金曜と月曜の便に乗務するんです」

「そうか」

帰国を一日ずらせばいいわけか、と添嶋は頭の中でちらりと考えたが、瑞原には黙ったままでいた。

代わりに添嶋は瑞原の手を取ってぎゅっと握ると、一つ咳払《せきばら》いして言った。

「さっきの続き、向こうでしないか」

向こう、とはベッドルームのことだ。

説明するまでもなく瑞原にも察しがついたらしく、瑞原はじわりと赤くなって俯《うつむ》いた。

「いいですけど」

瑞原もしたいと思っていたようで断らない。

「おいで」

添嶋は瑞原の腕を引いて立ち上がった。

そのまま手を繋いでベッドルームに行く。

「今夜は泊まっていけるだろう?」

ドアを開けて瑞原を先に部屋に入らせ、添嶋は尋ねるというより確かめる語調で聞いた。

瑞原は黙って頷く。

添嶋はシェードをトろして陽光を遮ると、薄暗くなった中で瑞原の衣服を剝ぎ取り、ベッドに上がらせた。

白い肌が渋茶色のシーツに映える。エロティックな眺めだ。

添嶋は瑞原の体を腹の下に敷き込んで、情熱的な愛撫を加えていった。

Ⅵ

ホノルルを現地時間の午前十時十五分に出発したロイヤル航空０１４便のコックピットでは、およそ一月前とまったく同じ状況が瑞原《みずはら》を奇妙な気分にさせていた。

機長席に座っているのは渡貫《わたぬき》だ。操縦はオートパイロットに任せ、渡貫はシートをリクライニングさせ、フットレストに両足を載せて寛《くつろ》いでいる。

まるで先月のホノルル・成田《なりた》間フライトの日まで時間が遡《さかのぼ》ったかのようだ。

あのとき瑞原は、ホノルル出張の前日に添嶋と出会ったばかりで、計器類や前方の空の様子を注視する一方、頭の片隅でときどき添嶋のことを考えていた。昨日の出来事のように鮮明に覚えている。

同機種、同路線、同じクルーとの乗務。

違っているのは瑞原のプライベートな事情と、気のせいか渡貫が痩せて腹回りが少し減ったように見えることくらいだろうか。

前回同様コックピットは憂鬱《ゆううつ》な静けさを保っている。巡航飛行に入ってからも会話らしい会話はなく、およそ六時間が経過した。あと三十分もすれば高度を落とし始め、ランディングに向けた慌ただしくも緊迫した状態に入る。

今回の顔合わせを、渡貫は前回以上に内心苦々しく感じていることだろう。

フライト・スケジュールを組むのは運航管理部なので、どんな事情があったのかは知るよしもないが、通常、一月前に組んだばかりの機長と副操縦士が翌月また顔を合わせるケースはロイヤル航空のような大所帯の会社の場合極めて稀《まれ》だ。もちろん、パイロットが空を飛ぶ際には、機種と路線それぞれに資格が必要なので、同じ機種で同じ路線に乗務できる機長と副操縦士の組み合わせには限りがある。それにしても、という頻度だ。

金曜日の午後、運航管理室でフライト・プランの打ち合わせをしていたときから、渡貫の機嫌は前回以上に悪かった。前からコーヒー好きだったが、今回の乗務中はそれこそ苛立ちを鎮めるかのごとくひっきりなしに飲んでいる。

今までの瑞原なら、相容れないものは仕方がないと簡単に割り切り、職務に関する義務と責任だけ果たそうと努めたところだが、添嶋を知って人と人との触れ合いに一喜一憂するようになってからは、他の人に対してももう少し歩み寄って心の交流を図るべきだろうかと思うようになってきた。我ながら心境の変化に驚いている。

しかし、こうした方がいいと頭で思うのと、実際に行動に移すのとの間にはまだまだ隔たりがあり、瑞原は渡貫といっこうに心を通わせられないままだ。現地でも少し体に無理をさせてクルーたちと夕食を共にしたのだが、その程度の努力では渡貫は瑞原が気まぐれを起こしただけとしか思わなかったらしい。何かと瑞原に対して嫌みを言うので、間に立ったパーサーがたいそう気を遣っていた。すっかり擦り込まれてしまっている印象を変えるのは容易《たやす》いことではないようだ。

どちらにしても瑞原は、人間関係ではあまり悩まないようにしているため、ちょっとした心がけが渡貫に通じなかったとしても、さして気に病んではいなかった。

それよりも副操縦士としての職務をできる限り完璧《かんぺき》に果たすのが最優先だ。

瑞原は異常が出ている計器類がないかどうか絶えず確かめつつ、狭いシートにベルトで括りつけられたまま、ほとんど身動《みじろ》ぎすることもなく前方に顔を向けて座っていた。

ときどき頭を掠《かす》めることがあるとすれば、それはもっぱら、先々週末泊まりがけで一緒に過ごした添嶋に関してだった。

会えば会うほど瑞原は添嶋に気持ちを取り込まれていく。

たぶん、瑞原のように他人との間に線を引きたがる男には、添嶋くらい図々しくて自信たっぷりな人物がちょうどいいのだろう。基本的には遠慮がなくて強引なのに、肝心なところになると礼儀正しく相手の意思を尊重する。認めるのは癪《しゃく》だがいい男だ。おまけに容貌も体軀《たいく》も文句の付け所がない。瑞原と会ったときたまたまフリーだったのは僥倖《ぎょうこう》だ。縁など感じたのは初めてである。

自宅に戻ったら、一日ずれで昨日ホノルルを発ったはずの添嶋に夜電話をしてみようか。たったそれだけ決意するにも瑞原はまだ心臓が騒ぐ。

ロスに出張していた添嶋に連絡を取ろうと思い立ったときの瑞原は、今にして思えば、本当にどうかしていたのだ。自分の気持ちを確かめたい一心で、躊躇《ちゅうちょ》する余裕さえ一時的に失っていた。いざとなると、なりふり構わぬ行動が自分にもできるのだなと教えられた気分だ。

そろそろ降下を開始するときが近づきつつある。

瑞原は今まで以上に気持ちを引き締め直し、計器類を見つめた。

※

ホノルル空港発成田行きのロイヤル航空014便のビジネスクラス席はほぼ満席だった。

本来ならば昨日帰国の途に着くはずだった添嶋は、瑞原がこの便に乗務すると聞き、秘書に急遽《きゅうきょ》日程を延ばさせた。もともと五日間の予定で組まれていたスケジュールを、早く日本に戻りたかったがために四日間でいいと言って、周囲に無理しすぎではないかと心配されていた事情があり、むしろ秘書はホッとした様子で直《ただ》ちに各方面に調整をかけてくれた。

少しでも瑞原の近くにいたいと思っての現金すぎる予定変更で、添嶋も反省している。だが、そうまでしてでも、一度瑞原が副操縦士を務める機に乗ってみたかったのも事実だ。今後は二度とこんな我《わ》が儘《まま》を通さないようにすると己に誓い、014便に搭乗した。

予定どおり瑞原もコックピットにいると確認できたのは、機体が誘導路をタキシングし始めた際、チーフ・パーサーから入ったアナウンスでだった。機長はワタヌキ、副操縦士は瑞原、と紹介され、添嶋は本当に同じジャンボ機に乗り合わせているのだと感慨深い気持ちになった。

二階部分の突端にある狭いコックピット内で計器類に囲まれた瑞原を脳裏に浮かべる。シミュレーターを華麗に操り、二度の仮想フライトに添嶋を連れ出してくれた瑞原の凜《りん》とした横顔を思い出し、添嶋までもが誇らしくなる。

機長と共にこの機を操っている美貌の副操縦士は自分の恋人なのだ。

添嶋は瑞原の腕と度胸を知っているため、大船に乗った気分で寛いでいた。

成田に着いたら電話をかけて、瑞原を驚かせてやりたい。添嶋は空港の駐車場に愛車のサーブを駐めている。瑞原が着替えてくるのを待って、乗せて帰りたいと思っている。きっと瑞原は断らないだろう。なぜ日程を変えたことを黙っていたのかと、添嶋に思いきり文句を言いたがるに違いないからだ。

怒って拗《す》ねる瑞原の顔を想像し、添嶋はフッと笑みを浮かべた。

「添嶋様、よろしければ何かお飲み物をお持ちいたしましょうか？」

傍を通りかかったＣＡが添嶋の手元にある空のグラスを回収するついでに気を利かす。

「いや、いいよ。ありがとう」

添嶋が丁寧に辞退し、ＣＡが畏《かしこ》まって立ち去りかけたとき、通路を隔てて横並びに座っていたカップルのうちの女性客が甲高い声でＣＡを呼び止めた。

「ねぇ、ちょっと！　ジンのお代わり作ってきてよ」

「ムラタ様、どうも申し訳ございません。ただいまジンを切らしておりまして」

ＣＡはすぐにムラタという女性客に向き直り、深々と頭を下げて詫《わ》びる。

見るとはなしに視線をやった添嶋は、ははぁと気がついた。

ジンが切れたというのは言い訳だろう。すでに相当酔って目がトロンとなっている女性の顔を一瞥《いちべつ》すれば、キャビンクルーでなくともこれ以上アルコールは出さない方がいいと判断するに違いない。

そう言えば搭乗してきたときから落ち着きがなくて傍《はた》迷惑な客だった。やたらとＣＡを呼びつけては飲み物のお代わりを頼んだり、すでに山ほどホノルルで買い物三昧《ざんまい》してきた荷物が頭上の物入れを埋めているにもかかわらず、隣の席の男性にしつこく機内販売物のブランド時計をねだって騒いだりしていた。前後のシートに座った客たちも眉を顰《ひそ》めて冷笑していたものだ。

どこかの羽振りのいい中年の金持ち男が、若い愛人を連れてハワイ旅行。いかにもそんな印象の二人連れだった。

窓際の席で一心不乱にノートパソコンを扱っている男は、ナガイというらしい。

ナガイは我が儘放題の愛人に構う間も惜しみ、どうやら株のデイ・トレーディングをしている様子だ。ときどき添嶋にまで聞こえる声で、「おっ、上がってきたか!」「ちくしょう、やはり先週のうちに売っておくんだったな」などと言うので、すぐわかった。

軽食のサービスも終わり、そろそろ高度を落とし始める頃かという雰囲気の中、ナガイは先ほどから愛人が何を話しかけても上の空で、画面を睨《にら》むように凝視し続けている。

おかげでただでさえ退屈して、疲れただの、腰が痛いだの、映画にも音楽にも飽きただのとぶちぶち言っているムラタの機嫌は悪くなる一方だ。

ほとんどの乗客は聞こえないふり、見ないふりをしているが、皆いい加減ストレスを感じて苛々《いらいら》しているらしいのは空気に出ていた。

ジンはあいにく切らしていると断ったCAに心の中で喝采《かっさい》を送った客も多かっただろう。

だが、ムラタはそれでは納得せず、「どういうことよ」と食い下がる。

「あいにくでございますが」

それでもCAが丁重に謝るだけなのが頭にきたらしく、隣のナガイの腕に縋《すが》り、「ねぇ、シンちゃんからも何とか言ってよ！」と甘えた声を出す。しかし、ムラタはそれどころではないらしく、「うん？」「あ？」と生返事をするだけだ。

「もういいわっ」

ムラタは派手に化粧をした顔を歪《ゆが》め、「行ってちょうだい」と横柄にCAを追い払った。

ようやくビジネスクラスのキャビン内が静かになる。

添嶋も他人事《ひとごと》ながらふうと溜息をつき、暇潰《ひまつぶ》しに広げていた機内誌に再び目を通し始めた。

添嶋が座っているのは中央に三つ並んだ席の左端だ。外の様子は遠目に見る小窓越しにしかわからないが、徐々に高度が下がってきているようなので、窓から見下ろすと陸地が見えているることだろう。

もうすぐだな、と添嶋はモニター画面に示された地図と航路を見て思った。

隣のカップルもしばらくおとなしかったため、五分ほどうとうとしていたのだが、なんとなくCAたちの動きが慌ただしくなった気がして、何かあったのかと瞼《まぶた》を開けて周囲を見回した。

ナガイは相変わらずパソコンを睨んでは拳《こぶし》を握ったり開いたりと挙動不審な様子を見せている。隣の席のムラタは、リクライニングさせたシートに横向きに寝そべり、毛布を被《かぶ》って背中を丸め、ごそごそと何かしているようだ。

それ以外の乗客にも特に変わった様子は窺《うかが》えず、添嶋は眉を顰めたまましばらくＣＡたちに注意を払っていた。

背凭れの横に頭を出して後方を窺うと、間仕切りのカーテンの隙間《すきま》から、コックピットと繋《つな》がる電話でチーフ・パーサーが何事か真剣な面持ちで話をしているのが見えた。

もしかすると上で何か起きたのだろうか。

添嶋までにわかに緊張してきた。

※

計器の一つがいきなり尋常でない値を指した。

「キャプテン」

瑞原はすぐに渡貫に知らせた。

「どういうことだ」

渡貫の岩のような顔がたちどころに引き攣《つ》り、ますます怖い形相になる。

すでに渡貫はオートパイロットを解除して手動操縦に切り替えている。

渡貫が手動で機体を水平に保ち、飛行速度を維持している間、瑞原は計器の値を狂わせている原因を片っ端から検討し、探ろうと努めるが、どうしてもわからない。これという理由が見つからないのだ。

「キャビンに連絡してみます」

考えられる可能性をすべて考慮しなければならないため、瑞原は渡貫に告げた。

おう、と渡貫は余所見《よそみ》もせずに短く応える。

瑞原はキャビンと繋がる電話を取って、チーフ・パーサーを呼び出した。

「誰か電波を発するものをキャビン内で使用していないか、至急調べてみてください」

チーフ・パーサーから『わかりました』と返事があって三分後。案の定、『いらっしゃいました』という報告が来た。

ビジネスクラスに座っている客が携帯電話の電源を入れているようだという。

「すぐにやめさせてください」

瑞原は平静を装い、チーフ・パーサーに頼んだ。

「ちくしょう、またか！」

渡貫が悪態をつく。

そう言いたくなる気持ちは瑞原にもわかる。

たかが携帯の発する電波くらい、と高を括っている人は多い。携帯の電波が原因で飛行機が落ちた事例を聞かないので、実感が薄いせいもあるのだろう。瑞原自身、客として乗っているだけだった頃は、大袈裟《おおげさ》だなと密《ひそ》かに思っていた。飛行機のシステムを学ぶにつれて、まったくそうではないことがわかり、ゾッとしたのだ。

自動操縦システムなどを含む飛行機の計器類は、ほとんどが電波だけを頼りに機能している。携帯電話は一種の電波発信機だ。携帯電話から発信される電波は、飛行機が受信している電波に影響を与え、狂わせる可能性がある。中でも影響を受けやすいのがGPS装置だ。これは飛行機が現在どの位置にいるかを通信衛星からの電波を受信して把握するもので、最近多くの機体で利用されている。

飛行機のメカニズムは、ハイテク機になればなるほど複雑で敏感になっている。計器飛行をしている飛行機に誤った情報が与えられればどうなるか、ちょっと想像を働かせれば、誰もが恐ろしさに気づくだろう。

もっと乗客に具体的な説明をして、理解と協力を求めていかなくてはいけないのではないか。瑞原は常からそう感じている。ただ禁止されていると言っても、事情に通じていない人々には軽く捉《とら》えられがちだ。自分自身の経験も踏まえて思う。

「おいっ、まだか。キャビンは何をしているんだ！」

五分待ってもキャビンからの報告がなく、計器も正常な値に戻らないことに業を煮やした渡貫が苛立った声を上げる。

「おそらく今説得しているのだと思います。キャプテン、少し自分が操縦を替わりましょうか」

「うるさい、三本線のひよっこが。こんなときにおまえになんか任せられるものか。俺は大丈夫だ。それよりもう一度キャビンに連絡して……」

そこまでいっきに喋《しゃべ》った渡貫は、突如「ぐうっ……！」と奇声を発し、頭を前のめりにして胃のあたりを手で押さえた。

「キャプテン！」

渡貫の顔色は蒼白《そうはく》だ。

「み、瑞原……っ」

さすがに渡貫もこれはまずいと思ったのか、「ユー・ハブ」と瑞原に声をかけると操縦桿《かん》から手を放した。

「アイ・ハブ」

瑞原は即座に応じ、操縦を引き受ける。

僅《わず》かに傾きかけていた機体を立て直し、水平を保つ。

「よし、……いいぞ、その調子だ」

渡貫は胃を押さえたまま、痛みに堪える顔をして言った。

「大丈夫ですか？　胃ですか？」

あらゆる計器に視線を走らせつつ、瑞原は渡貫を心配する。

「ああ。どうせすぐ治る。ランディングまでおまえに任せられるか」

体調を崩していても渡貫はあくまで頑固だ。

「ええ、お願いします」

瑞原は出しゃばることなく、渡貫を立てて答える。

「……おまえ、ちょっと変わったな……、瑞原？」

渡貫が脂汗を手の甲で拭いつつぼそりと洩らす。

そうかもしれない、と瑞原は操縦に神経を集中させたまま認めた。

きっと、あの自信家で優しい恋人のせいだ。気持ちよく人と付き合うにはどうすればいいか、
瑞原は添嶋に大事にされることで少しずつわかってきた気がする。

「ったく、何やってんだ、ＣＡどもは……！」

渡貫が忌々しげに唸《うな》る。

計器はまだ正常に戻らない。

もしも携帯電話が原因ではなく、他に何かトラブルが出ているのだとすれば、早急に究明して対処しなくてはならない。そのためにも、まず、携帯電話の電源を切ってもらうことは必須

だ。一つ一つ原因を潰していく必要があるのだ。

渡貫は腰以外にも両肩をショルダーハーネスで椅子に固定されているため、体自体を突っ伏すことはない。だが、やはりかなり気分が悪いらしく、頭は前のめりにしたままだ。

瑞原の両手のひらは次第に汗ばんできた。

シミュレーターを使った訓練では、いかなるアクシデントにも対応できるよう学び、身に着けている自負がある。しかし、実機とシミュレーターには大きな違いがある。背後に乗客がいるかいないかで、この差は精神的に甚大だ。何が起きても冷静であろうと自身に言い聞かせ、瑞原は操縦桿を握っていた。

降下に入る前までに計器トラブルを解消しておきたい。

渡貫の具合も気がかりだが、今はまったく操縦桿から手が離せない。三次元からの影響を受ける中で機体を水平に保たせておくのは、容易いことではないのだ。風が少し変わっただけですぐバランスが崩れてしまう。

キャビンの様子はどうなっているのかとやきもきしながら、瑞原はじっと計器類と前方を見据えていた。

※

「申し訳ございません、ムラタ様」

チーフ・パーサーが女性客と添嶋との間の通路に立ち、腰を低くして話しかけている。

「携帯電話をお持ちではいらっしゃいませんでしょうか？」

謙《へりくだ》りながらも毅然《きぜん》とした口調だ。

あぁ、これかCAたちが慌ただしくしていたのは、と添嶋はたちどころに納得する。

「何よ、いいじゃないべつに。あたし、電話かけてるわけじゃないわよ。メール打ってるだけなんだから放っておいて。降りたらすぐ送りたいのよ」

ムラタは聞く耳持たず、倒せるだけ倒したシートに寝転んだまま、チーフ・パーサーを見上げて自分勝手な返事をする。

「電源が入っているだけで飛行機の計器に影響を及ぼします。すぐにお切りくださいませ」

「しつこいわね。嫌だって言ってるでしょ！」

どうやらムラタは、先ほどCAに酒を持ってきてもらえなかったことを根に持っているようだ。もっと困らせてやれ、と意地悪く考えているのが察せられる。

「ムラタ様、ご存じでいらっしゃると思いますが、機長の禁止命令に従っていただけずこのまま機内で携帯電話をご使用されますと、航空法違反で警察に逮捕される可能性がございます。

直ちにお切りくださいませ」

海千山千の接客のプロであるチーフ・パーサーは落ち着き払った態度で怯《ひる》まず食い下がる。

だが、ムラタは注意されればされるだけ旋毛《つむじ》を曲げて頑《かたく》なになる性格らしく、「うるさいったら！」と腹立たしげに肩を振り、隣席の中年男に身を擦り寄せるばかりだ。電源を切る気はさらさらないらしい。

「お願いします、ムラタ様。このままでは航行に支障をきたす恐れがございます」

添嶋は安穏と傍観していられなくなり、リクライニングを元に戻すと、いつでも立ち上がれるようシートベルトを外してすぐ傍らで起きている揉《も》め事に注意を傾けた。

コックピットでは今頃瑞原たちが困っているかもしれないと思うや、素知らぬ顔をしてはいられなくなった。

添嶋以外にもちらちらと興味津々に注目している乗客がいる。あちこちからひそひそ話をする声も聞こえ、キャビンはにわかに尋常でない雰囲気を醸し出してきた。

連れが非常識な振る舞いをして乗客乗員に迷惑をかけているにもかかわらず、ナガイは株の取り引きに夢中のようだ。

「ねぇ、シンちゃん、この人マユミのこと警察に突き出すって言うのよ！　なんとか言ってやってよぉ」

マユミに腕を摑《つか》まれても、「あぁ、あぁ、ない、ない、そんなこと」と適当な返事をするばかりで、画面から決して目を離そうとしない。

「今大事なところなんだ。ちょっとおとなしくしてくれないか」

「んもう！」

ナガイがあてになりそうにないとわかると、マユミは彼の毛むくじゃらな太い腕を離し、キッと眦《まなじり》を吊り上げてチーフ・パーサーを睨み上げる。

「わかったから、もう、あっちに行ってよ！　さっきは客の要望に応えられもしなかったくせに、文句だけはつけるんだから。降りたら消費者相談室に訴えてやるわ、柳田《やなぎだ》さん！」

抜かりなくチーフ・パーサーのネームプレートに目を走らせ、マユミは凄《すご》んだ。

「申し訳ございませんが、今すぐ電源をお切りくださいませ」

柳田は退《ひ》かずに深々と頭を下げる。

カアッとマユミが頭に血を上らせるのが傍から見ていただけでわかった。

「しつこい女ねっ！」

リクライニングさせたままのシートから上体をガバッと起こし、携帯電話を手にしたままの右手を突き上げ、頭を下げている柳田に今にも殴りかかろうとする。

キャアッ、とどこからか悲鳴が上がる。

その声に思わず頭を上げた柳田の顔に携帯電話を握ったマユミの手が直撃しかける。

「やめたまえ！」

考えるより先に休が動いていた。

添嶋はシートから立つと、マユミの手首を掴み、間一髪で押し止めた。

「チーフ！　大丈夫ですかっ！」

よろけて通路に倒れこんでしまった柳田に、ＣＡの一人が駆け寄り、助け起こす。

「ちょっと、何するのよ！　誰よあんた、放しなさいよ！」

柳田を殴り損ねたマユミは、止めに入った添嶋に噛みつくような勢いで暴れ出す。

「いい加減にしないか、きみ！」

添嶋は、怒ると凶暴で見境がなくなるらしい癇癪《かんしゃく》持ちの女性の手から携帯電話を取り上げると、電源を切り、後方にいた別のＣＡに「預かっておきたまえ」と言って手渡した。

「ひどいわっ、何よ、これっ」

マユミは添嶋の手を振り解く。

「もう、我慢できないわ！　シンちゃん、ねぇ、この人がぁ！」

「おいおい、どうしたんだ、マユミ」

派手に泣き出したマユミに、さすがのナガイも知らん顔していられなくなったらしい。ここで放っておけば愛人に愛想を尽かされるのは必至だったので、それを慮《おもんぱか》ったのだろう。

「なんだ、この騒ぎは」

ノートパソコンを座面に置いてすっくと立ち上がると、通路に立つ添嶋と対峙《たいじ》する。

「おまえ、何の権利があって俺の連れの持ち物を取り上げたりした？」

怖い顔で凄まれても、添嶋はビクともしなかった。

「機内で携帯電話を使用していたお連れの女性が悪いんです。本来なら、良識あるご年配の友人であるあなたがするべきことを、私が代わりにしたまでだ」

「なんだとぉ？」

ナガイは黒々とした眉毛を跳ね上げて、ギリリと歯軋《はぎし》りする。

「この俺に恥を搔かす気か。俺を誰だと思っている！」

「失礼ながら存じ上げませんが、私はこういう者です」

添嶋は前席の裏についたシートポケットに挟んでおいたクラッチバッグから名刺入れを取り出すと、一枚抜いてナガイに渡した。

「松菱《まつびし》重工航空事業部……、ほう、そうか、おまえ、松菱の社員か」

ニヤリ、とナガイがほくそ笑む。

嫌な予感が脳裏を掠めたが、添嶋は表情には出さなかった。

「ご納得いただけたようでしたら幸いです」

「ふんっ」

今に見ていろ、とばかりにナガイは酷薄な目をしてシートに座り直した。

添嶋も椅子に戻る。

キャビン内の空気からも重苦しさが薄らぐ。

マユミももう泣くのをやめ、毛布を被ってじっとしていた。今さらながら居たたまれなくなってきたのかもしれない。

「添嶋様。どうもありがとうございました」

柳田とCA二人が添嶋の元に来て丁重に礼を言う。

「いや、べつに。俺は自分にできることをしただけですから」

これでなんとか片がついたかと思ったそのときだ。

再びナガイが怒声を上げた。

「うおおっ、しまったあっ！」

声を耳にした全員がギョッとして腰を浮かしかけるほどの騒ぎようである。

「株が……、俺の、俺の株がっ。大損だぁ」

両手で頭をぐしゃぐしゃに掻き乱しながら、錯乱したように口走るナガイに、添嶋は一難去ってまた一難という予感を募らせた。

マユミが携帯電話を使用していたことが計器にどういう影響を与えていたのかは知るよしもないが、少なくともこの件に関しては一段落ついたことになるだろう。

飛行機は少しずつ高度を下げ始めていた。

問題は着陸してからだ。

「くそう、このままじゃおかんぞ」などと不穏な文句を吐きながら、キーボードを夢中で叩いているナガイの姿を横目に見て、さらに一波乱ありそうだと、添嶋は腹を括らなくてはならなかった。

※

計器の値が突如正常値に戻ったことに気がつき、瑞原はひとまずホッと安堵《あんど》して、機長席の渡貫を見遣った。

「キャプテン」

呼びかけると、項垂れていた渡貫の肩がピクリと反応する。

「ああ。戻ったか。よし、オーパイに切り替えろ」

渡貫は緩慢な仕草で頭を引き起こし、辛《つら》そうに顰《しか》めっ面《つら》をしたまま指示すると、今度は背凭れに後頭部を預けて目を閉じた。

「オートパイロットに切り替えます」

瑞原は復唱し、スイッチを入れると、操縦桿から手を放す。

「大丈夫ですか」

ようやく渡貫の様子を気遣う余裕が少しでき、瑞原は容態を聞いた。

「ああ。俺のことは心配するな」

「成田空港に救急車を待機しておくよう要請します」

「……悪いな」

渡貫は汗まみれの顔を瑞原に向け、いつも鋭く光らせている目を覇気なく瞬かせた。

「ドクターコールをかけてもらいましょうか?」

「いや、いい。もうすぐランディングだ。こうしてじっとしていれば問題ない」

「そうですか」

こんなとき、気が利く者であれば、もっと励ましたり安心させたりできるのだろうが、口下手な瑞原にはそういった類《たぐい》の言葉が出てこない。ポケットにしまっていたハンカチを渡貫に差し出すのがせいぜいだ。

キャビンから連絡があり、乗客の携帯電話を預からせてもらった旨報告を受けた。

「ずいぶん手こずらされたようだが、怪我をした者などはいないんだろうな」

横で遣り取りを聞いていた渡貫がクルーと他の乗客の心配をする。

チーフ・パーサーによれば、近くの席に座っていた乗客が協力してくれ、大事に至らずに済んだとのことだった。

「ありがとう。おかげで計器も正常に働くようになりました」

瑞原はチーフ・パーサーに礼を言い、通話を終えて渡貫を振り返る。

「よし。着陸前のブリーフィングをしておくぞ」

具合は悪くてもこの機の責任者としての任務は全うするつもりらしく、渡貫はランディングに向けて、着陸方法や気象条件などの確認と指示を行った。

「おまえがいい腕前をしているのはさっきの操縦でだいたいわかった。今日のランディングもおまえに任せる。落ち着いてマニュアルどおりにすればいい」

「はい」

もっと頑固で、何もかも自分で仕切らなければ承伏できない扱いづらい人かと思っていたが、瑞原が想像していたほど渡貫は融通の利かない機長ではなさそうだ。考えてみれば、そういう性格ではパイロットとしての適性に欠けると判断され、試験で落とされた確率が高いため、当然といえば当然かもしれない。

普段であれば機長のする職務を瑞原が、副操縦士のする職務を渡貫が引き受け、管制の許可を得て降下を開始する。

二千五百フィートまで降下してきて、速度を百八十ノットまで減速する。

ＲＡ０１４便は計器着陸装置で成田空港に進入を開始していた。

右に機首を二百三十度旋回させ、滑走路にＩＬＳ進入してよいとの許可が出る。滑走路はすでに前方に見えていた。

「ギア・ダウン」

瑞原が告げると、渡貫が操作レバーを「ＤＯＷＮ」と記された位置に動かす。

通常であればここで前脚と主脚が下りてくるはずだが、今日は主脚しか下りてこず、異常を知らせるランプが点灯した。

「前脚が下りない」

渡貫の言葉に瑞原はいっきに身を硬くする。

「キャプテン」

焦るな、これもマニュアルに記載されている事故の一例だ、不安がる必要はないと己を鼓舞して気をしっかりと持つ。シミュレーターでも何度となく訓練してきた想定内のアクシデントだ。幸い主脚は全部下りている。

「手動で脚が出ないかどうか一通り試せ」

「はい」

それでだめなら、機体を揺すってみたり、上昇と下降をしてみて、その勢いで脚が下りないかどうか試すことになる。管制の許可が下りれば、タッチ・アンド・ゴーをしてみることもできるだろう。

管制との連絡は渡貫がしてくれていた。

風速、風向をはじめとする気象条件、滑走路の長さの確認、万一に備えてのレスキュー体制など、密な連絡を取る。

ホノルルからの乗客で客席はほぼ満席だ。貨物室も土産品《みやげ》その他で満載状態である。

そんな重い巨体を揺するにしても限度があった。そうそう激しいことはできない。

キャビンにはすでに渡貫自らのアナウンスで状況説明が流されていた。成田を目前にしてのアクシデントに乗客は動揺しているだろう。

なんとしてでも無事に飛行機を着陸させなければ、と瑞原は唇を噛み締めた。

胴体着陸は最後の手段だ。

「瑞原、管制から許可が出た。タッチ・アンド・ゴーを試すぞ。いいか？」

「はい」

実機でタッチ・アンド・ゴーをするのは訓練生の時の研修以来だ。だが、シミュレーターでは何回となくこなしている。添嶋に頼まれてテストに協力したときにも、二回目のプログラムでやった。不安はない。

滑走路を目指して主脚だけでランディングし、エンジン出力を落とすことなくそのまま再び離陸。このときの接地の衝撃で前脚を下ろそうというものだが、それでもやはり脚は下りてこなかった。

念のために二度試したが、結果は同様だ。

「胴着するしかないな」

渡貫の表情が苦しげに歪《ゆが》む。

精神的にも肉体的にも限界が近いのを感じる。

早く地上に降りて、病気の渡貫はもちろん、乗客、乗員すべてを楽にしてやりたい。瑞原自身も肩の荷を下ろしたかった。

「自信はあるか?」

渡貫の問いに、瑞原はすっと息を吸い込み、きっぱり答えた。

「はい」

※

滑走路に脚が接地した途端、ガタガタガタという揺れが機体を襲い、客席のあちこちから悲鳴が上がった。赤ん坊や子供の泣き声も加わる。

「もう、いやあぁ」

「踏んだり蹴《け》ったりだ、この飛行機はっ。疫病神に取りつかれてるんだろう！」

添嶋と一悶着《ひともんちゃく》あったマユミとナガイの憤懣《ふんまん》に満ちた声もうるさく耳朶《じだ》を打つ。

タッチ・アンド・ゴーを試みた機体はすぐにまた上昇していき、ホールディングし始めた。

機長からのアナウンスが再び入る。

二度のタッチ・アンド・ゴーでも前脚は出なかった、とのことだ。これからしばらく空中待機する、お急ぎのところご迷惑をおかけしますが……と、お定まりの文句が続く。

もしかすると今操縦桿を握っているのは瑞原ではないか、と添嶋は推察していた。タッチ・アンド・ゴーのやり方が、以前シミュレーターで見せてもらった瑞原のやり方に似ている気がしてならない。機長の声に張りがなくなっているのも、そう思う理由の一つだ。ホノルルを出発したとき、挨拶《あいさつ》のアナウンスをしていた男と同じだとは信じられないほど覇気をなくしている。どこか具合でも悪いのではないかと疑わずにはいられなかった。

脚を出すのが目的の今回のタッチ・アンド・ゴーの場合、進入角をあえて深めに持っていき、接地の際機体にかかる衝撃を大きくする。いわゆるハード・ランディングだ。瑞原はこれをあのときもやってみせてくれた。やはり、脚が出ない、という設定だったのだ。

脚が出ないこと自体は、訓練で誰もが対処の仕方を学ぶ基本的なアクシデントの一つだ。しかも、今回は主脚は下りているので、万一胴体着陸になったとしてもさほど不安がる必要はない。これが主脚ならば添嶋もちょっとまずいなと思ったところだが、前脚ならばマニュアルどおりの着陸をしさえすれば、よほどでない限り成功するだろう。要はパイロットの冷静かつ的確な操作と判断力次第だ。

瑞原が操縦桿を握っているのなら、添嶋は何一つ心配する必要を感じない。まだ若くて経験は浅いが、瑞原は添嶋の知る中でも非常に優れたパイロットの一人だ。操縦だけに専念して、普段どおりにやればいい。

添嶋はキャビンからコックピットに向け、励ましの念を送った。

指定された空域を旋回飛行し続けるホールディングは、およそ二時間あまり続けられた。胴体着陸時に火災の発生があったとき被害を最小限に食い止めるため、主翼の燃料をできるだけ減らす目的があるからだ。

前脚が出ないまま午後四時五十分頃胴体着陸をすると知らされたキャビンの乗客は、一様に不安な顔をして動揺している。

中には「墜落するんじゃないのか」と声高に言って周囲の人々を怖がらせ、パニックに陥れる乗客もいた。人数が多いだけにエコノミークラスのざわめきぶりは特にひどく、添嶋のところにまで騒ぎが聞こえてくるほどだ。

予定時刻が近づいてきた頃、再び機長からアナウンスが入った。

シートベルトをしっかり締め、緊急着陸に備えた体勢を取るように、とのことだ。

否応なしに緊迫感が増す。

どこからか神に祈る声まで聞こえてきた。

添嶋も膝掛《ひざか》けの上からシートベルトをきつく締め、前屈姿勢を取る。

確かにこういう経験は初めてだ。

朔也《さくや》、よけいなことは考えるな、落ち着いてやれ――心の中では瑞原を励まし続けていた。

機体の進入速度をギリギリまで落とし、やんわり機首を下げながら滑走路に入っていく様が、添嶋にはコックピットから前方を見ているように脳内に描けた。

滑走路に描かれた中心線の上を、路面に対して三度の角度をつけ、ゆっくりと機体を降ろしていく。この着陸態勢は通常と同じだ。主脚が下りているので問題ない。

接地点はいつもより若干手前に取り、オーバーランに備える。機体前方を胴着させるので、前にブレーキがかけられないためだ。

機体はどんどん滑走路に近づいていく。

引き起こし高度になったところで操縦桿をほんの少し手前に引き、僅かだけ機首を上向きにする。これで進入角が浅くなり、タッチ・アンド・ゴーのときとは反対に接地の際の衝撃が緩和される。

主脚が滑走路に着いた。

続けてふわりと機首が舞い降りるように滑走路に接触する。

金属の機体がアスファルトの滑走路を擦りながら滑っていく振動と音がキャビンに響く。

ある程度機体が速度を落としたところでブレーキがかけられたのが体に感じられた。

飛行機が止まる。

その途端、キャビン全体から大歓声と嬉《うれ》し泣きの声が上がった。隣り合わせの客同士が抱き合って興奮状態で「よかった」「助かった」と言い合う様子もあちこちで繰り広げられていた。

無事着陸だ。

前屈姿勢から身を起こしてシートに座り直した添嶋は、恋人の綺麗な顔を思い浮かべ、

「お疲れさん」

と自分にだけ聞こえる小さな声で呟《つぶや》き、瑞原を労《いたわ》った。

※

「よくやった、瑞原」

渡貫は瑞原の顔を見据えて一言告げると、担架《たんか》に乗せられ救急隊員に運ばれていった。

空港にはアクシデントを聞きつけてきた報道関係者や、ロイヤル航空の上層部たち、野次馬《やじうま》などが大勢集まっており、大変な騒ぎぶりだった。

瑞原は迎えにきてくれた空港関係者らに守られる形でタラップを下り、クルーたちとは別に空港の建物に向かった。

入国審査を済ませて税関を通ると、関係者以外立ち入り禁止の通路を通り、報道関係者が集まっている場所を避け、用意された車でロイヤル航空のビルに入る。

社内は緊急着陸の話題で湧いていた。

顔を合わせる人、合わせる人が、瑞原に「素晴らしい操縦だったよ」「落ち着いてよくやった」「お疲れさまでした」などと声をかけにくる。

瑞原はそれらに対し、いつもと変わらぬ淡々とした態度で「どうも」「はい」「ありがとうございます」と返した。

機長の体調不良と前脚が下りないアクシデントを抱え、予定より二時間十分遅れての到着となった。しかも、それらが起きる前には携帯電話絡みの迷惑行為まであったのだ。瑞原がこれまで経験した中で最もハードなフライトだった。

重役室に集まっていた上層部に挨拶と報告を済ませると、取りあえず今日はもう帰宅して休むようにとのお達しで、車まで用意してもらうことになった。

更衣室で制服を脱ぎつつ、瑞原は帰ったら一番に添嶋の声が聞きたいと思っていた。アクシデントをニュースで知っているとすれば、心配してくれているだろう。添嶋は常に瑞原を見守ってくれているようだ。最近になって気がついたが、添嶋は瑞原が出張から帰った日に会おうとは決して言わない。瑞原の体調を一番に考えてくれているのが伝わってくる。そのぶん、会ったときにはびっくりするほど情熱的で容赦がない。瑞原に恥ずかしくて淫《みだ》らなことをするのが大好きだと悪びれずに言う。瑞原は泣いたり機嫌を悪くしてみせたりしながらも、添嶋に愛されていることが心地よくてたまらない。添嶋の逞《たくま》しい腕に抱かれて眠るたび、自分もまた添嶋を愛していると自覚する。

今すぐ会いに行きたい。添嶋にキスして欲しい。瑞原がこんな気持ちになるのは二度目だ。一度目は代行乗務が決まって、たまたま同じ時期にロスに行っている添嶋と、運がよければばちょっと会えるかもしれないとわかったときだ。

あのときは自分が自分でないようだった。情動のまま、気がつくと後先考えずに添嶋の会社に電話していたのだ。何か、抗《あらが》えない力に操られてでもいたように、それまでの瑞原からは考えられない行動をした。

おまけに、それがきっかけで添嶋と本当に付き合うことになったのだから、運命の出会いというのは実際あるのかもしれないと思わずにいられない。

添嶋が好きだ。

瑞原はひしひしと噛み締める。

五時半では添嶋はまだまだ仕事中に違いなかったが、電話をかけて、今夜どうしても会いたいと我が儘を言ってはだめだろうか。考えただけで鼓動が速まった。

ガチャリと更衣室のドアが開き、顔見知りのパイロットが入ってくる。瑞原と同じ副操縦士の先輩だ。

「おっ、今日の立役者がこんなところにいたか！」

「田代《たしろ》さん」

日頃から明るく屈託のない調子の田代に、「よくやったなぁ、おまえ」と褒めそやされていると、再びドアが開いて四本線の肩章をつけた長身の男が姿を見せた。

「あ、北河原《きたがわら》キャプテン」

たちまち田代の顔に緊張が走る。

瑞原も北河原の名前には聞き覚えがあった。社内最速で機長になったエリートだ。自分にも他人にも厳しいことで有名で、副操縦士たちはもとより機長たちからも一目置いて恐れられているらしい。瑞原は保持している路線の資格が違うため組んだことがないのだが、どうやら田代は今の今までフライトで一緒だったらしい。「お疲れさまでした。いろいろ勉強になりました」とやたらに頭を下げている。

「きみが014便を操縦していたコーパイか？」

北河原は田代を適当にあしらうと、瑞原の横でロッカーの扉を開けつつ話しかけてきた。

「渡貫さんはしばらく入院になるそうだ。どうやら胃潰瘍らしい」

どこで聞いてきたのか情報が早い。瑞原は「そうですか」としか返せなかった。

瑞原の反応が鈍くても気にした様子もなく北河原は続ける。

「着陸態勢に入る前にもキャビンで一騒動あったらしいな」

携帯電話の騒ぎのことだ。北河原に知られずにすむことはないかのようだ。瑞原は嘆息する。

「CAたちが手こずっていたところを助けてくれた乗客、松菱重工の幹部社員だったそうだが、その絡みで今揉《も》めてるようだぞ」

えっ、と瑞原は目を瞠《みは》った。

添嶋の顔が咄嗟《とっさ》に脳裏に浮かぶ。

ホノルルで接待ゴルフだと言っていたので、他の社員の可能性も十分あり得たが、直感的に瑞原は添嶋だと思った。

機長命令に従わない乗客から携帯電話を取り上げた、と聞いて、ますます確信が深まる。

添嶋ならそのくらいやってのけても不思議はない気がした。

「揉めているというのは、どういうことですか?」

もし本当に添嶋だとすれば、瑞原は居ても立ってもいられない心地になる。添嶋が窮地に陥っているかもしれないのだ。しかも、瑞原の操縦していた機を守ってくれた上でのことかと思うと、とうてい知らん顔はできない。

「連れの男性が、騒ぎのせいで株をトレードするチャンスを逃し、莫大《ばくだい》な損をしたと松菱重工にクレームをつけたようだ。遣り手の個人投資家らしく松菱重工の株もかなり持っているそうだから、社としても無視できないのだろう。さっそく松菱重工から、担当のCAに詳しい状況を聞きたいという問い合わせがきたそうだ」

「すみません、僕はお先に失礼します」

瑞原は着替えを終えるなり、北河原に断って更衣室を足早に出て行きかけた。

「瑞原。最後まで落ち着いてよくやった」

「ありがとうございます」

めったに人を褒めないと噂の北河原からの言葉に、瑞原はドアの手前で立ち止まって振り返り、一礼した。純粋に嬉しい。天才と評判の北河原からすれば、まだまだ粗の目立つ着陸だっただろうが、瑞原は素直に受けとめた。

取りあえず東京に戻ろうと、瑞原は会社が用意してくれたハイヤーに乗り込んだ。自宅ではなく汐留《しおどめ》に向かってもらう。松菱重工本社の所在地だ。

ハイヤーの中で瑞原は添嶋の携帯に電話をかけたが、電源が切られているようで応答しない。仕方なく留守録に名前だけ残した。

夕方の帰宅ラッシュが始まっていたが、成田から都内に向かう線は逆方向のためそれほど渋滞していない。

瑞原は疲れを感じるどころではなく、添嶋が心配で堪らず、何度も何度も腕時計に視線を落としたり、電源が入っていないと繰り返されても懲りずに電話をかけてみたりした。

一時間ほど経ち、もう少しで都内に入るというところで、手に持ったままだった携帯電話がいきなり鳴り始め、瑞原は心臓を跳ねさせた。

添嶋からだ。

「もしもし？」

　声が上擦ってしまうのを取り繕えない。それくらい瑞原は気を昂《たか》ぶらせていた。添嶋からかけてきてくれたことが嬉しい反面、どうなったのかと心配で動悸《どうき》が激しくなる。

『もっと早く連絡したかったんだが、ちょっとごたついていて今になった。朔也、見事なランディングだったよ。おかげで俺も無事帰国できた』

　添嶋の声音はいつもとまるで変わらない。無理をして快活に振る舞っているわけではなく、自然な感じで晴れやかだ。上層部から小言をもらった様子は微塵《みじん》も窺えないのだが、ごたついていたとの弁から何もなかったわけでないのは明らかで、瑞原は状況が摑めず苛々した。唯一確信できたのは、やはり014便に乗っていたことだ。

「そっちは大丈夫なんですか？」

『何のことだ？』

「何のことだじゃないでしょう！」

　瑞原ははぐらかさせないぞという気持ちを込めて若干声を荒らげた。

「あなたは、もう……！　僕に黙って帰国の日程をずらしていたかと思えば、キャビンでクルーの代わりに活躍してくれたと言うし。どうせ見て見ぬふりできずに間に入ってくれたのでしょうが、そのせいで先方の連れの男性から会社にクレームをつけられたそうじゃないですか！」

喋っているうちに次第に興奮してきて、最後は添嶋の今後に悪い影響があればどうしたらいいのかと気が気でなくなり、鼻の奥がツンとし始めた。声も震える。怒っているのか泣いているのかわからない感情的な声音になっていた。

『朔也』

添嶋は瑞原のこの取り乱しぶりに驚いたようだ。

『朔也、俺を心配してくれているのか？　いや、それにしても耳が早いな。俺もつい今し方お偉方の部屋から放免されてきたばかりだぞ。成田にいるうちから至急話があると呼び出された。もともと今日は午後から仕事に出る予定にしていたんだが、着陸でアクシデントがあったから欠勤させてもらおうかと思っていた矢先だ』

「話を聞いて、僕は本当にびっくりしたんですよ。何も聞いていなかったから」

添嶋の穏やかで頼もしげな響きの声を聞くうちに、瑞原も気持ちが落ち着いてきた。

『空港できみを待ち構えて、驚いた顔を見たかった。不意打ちに遭わせてきみを喜ばせられたらいいなと悪戯心《いたずら》を出したんだ』

「そんなふうにしたら、僕は怒ったかもしれないのに」

『そうか？』

確かめられて、瑞原はうっと気まずげに黙り込む。たぶん怒った。怒ったが、どうしようもなく嬉しくて、怒った顔を保つのに苦労したに違いない。そして本音をごまかそうとして添嶋に精一杯意地を張っただろう。

「そ、それより、大丈夫だったんですか。なんだか、有力な株主があなたのせいで損害を被ったと直接抗議したそうですけど？」

『ああ。さっきまで事業部長をはじめとするお偉方の前で、どういうことだと説明を求められていたよ』

添嶋はいささかも堪えたふうではなかったが、瑞原は剛毅《ごうき》で出世することより仕事そのものが好きな添嶋を知っているだけに、はっきりと確かめるまでは不安を払拭《ふっしょく》しきれない。

「処分、されたんですか？」

恐る恐る聞く。

『処分？　なぜ？』

「株主からのクレームだったんでしょう？」

瑞原にはよくわからないが、何事もなくは済まされないのではないかという気がする。

『まぁ、確かに俺も携帯電話を取り上げたのはやり過ぎだったと反省しているが、そうでもしないと彼女、航空法違反だけでなく傷害罪までついて逮捕されかねない状況だった』

よもやそこまで大変な揉め事に発展していたとは予想しなかった。キャビンのことはキャビン・クルーに任せるというのが原則で、同じ機に乗務していても運航乗務員と客室乗務員はお互い相手の領域には干渉しない風潮がある。

『だが、そのことと株の取り引きとはまったく無関係だ。上層部にもありのままを話して納得してもらった。うちは松菱グループの中でも風通しのいい社風なんだ。俺みたいな若造が部長職に抜擢《ばってき》されたことからも明らかだとは思わないか』

「じゃあ、処分を受けてはいないんですね？」

『処分というほどではないが、クレームをつけてきた男への手前があるので、この際溜まっている有休を取れと厳命された。それでほとぼりを冷まそうという腹なんだろう』

「休み、ですか？」

『ああ、そうだ』

添嶋の声がぐっと低くなり、色気を増して耳元に囁くような調子になる。

『明日から一週間も休まなくてはいけなくなった。朔也、俺を慰めると思って会ってくれ。もちろん今日でなくていい。愛してる』

「な、何を言ってるんですか……、まだ会社でしょう……っ」

携帯電話を耳に当てたまま瑞原は自分でもわかるくらい頬を紅潮させた。

『きみも、今日は本当に大変だったな。機長、途中で倒れていたそうじゃないか。俺には操縦桿を握っているのがきみだと、薄々わかっていたけどな』

フッと真面目な声に戻り、添嶋はあらたまる。

もうこの人には負ける――瑞原は安堵と幸福に浸りつつ溜息《ためいき》をついた。

すっと息を吸い込み、瑞原はできる限りそっけなく聞こえるように添嶋に言った。

「実は今、汐留の近くに来ているんです」

『嘘だろう?』

これには添嶋も驚いた様子だ。予想外だったらしい。

瑞原は少しだけ溜飲《りゅういん》を下げた。

「僕はどこでハイヤーを降りたらいいですか。あなたも今夜くらいは残業なしでしょう?」

『もちろんだ』

添嶋は喜色を露《あらわ》にして勢いよく答えると、迎えにいくので会社のエントランスホールで待っていてくれと告げてきた。

※

細くしなやかな体がシーツの上でのたうつ。

添嶋のベッドには今夜アイボリー色をしたシーツがかけられている。この色も瑞原の白い肌を引き立たせ、美しく見せる。

すらりと伸びた足を、添嶋は大きく割り開かせた。

互いの顔を見ながらの行為に瑞原は顔を薄紅色に染め、恥じらう。

「い、嫌だ」

キスや愛撫《あいぶ》でさんざん翻弄《ほんろう》した後だからか、切れ長の目は潤み、唇を半開きにしたままで、ぞくりとするほど艶《つや》めいている。

添嶋はたっぷりと時間をかけて解した秘部に、猛ってガチガチに硬くなっている股間のものをあてがった。

あぁ、と瑞原が期待に満ちた声を洩らす。

待ち兼ねて欲しがっているのが秘部の淫らな収縮からわかる。濡《ぬ》れそぼった襞《ひだ》を喘《あえ》ぐようにはしたなく蠢《うごめ》かし、添嶋の先端を中に誘い込もうとする。

腕で顔を隠して恥じらう様と、貪欲《どんよく》な下半身のギャップのエロティックさに、添嶋は激しく欲情を煽られた。

もっと焦らしてやりたい気もしたが、添嶋がもう我慢しきれない。先走りの量もいつも以上になっており、早く朔也の中に入りたいと陰茎がビクビクとときおり脈打つ。この痛いほどの昂ぶりを鎮められるのは、朔也の奥だけだ。

僅かに浮いている腰を軽く引き寄せる。

「あ、あっ！」

ぐぐっと先端が窄まりの中心にめり込む。

添嶋はそのままぐぐっと腰を一突きし、張り詰めた陰茎を朔也の中に押し込んだ。

「あああっ！」

朔也が大きく身を撓《しな》らせる。

「あ……和臣《かずおみ》さんっ、……大きい」

「いつもと違うか？」

顔の前から手を外させ、欲情を湛《たた》える濡れた瞳を揶揄するように見下ろし、添嶋は誇らしさを覚えつつ聞いた。

「わ、わかりません」

思わず大きいなどと口走ってしまったらしい瑞原は、たちまち照れてプイと顔を横向け、恥ずかしそうに睫毛《まつげ》を揺らす。あらたまっては言葉にしたがらないが、本音が口を衝いたのは確かなようだ。

意地を張るところも可愛い。

添嶋はさらに昂ぶりを奥に進める。

締まりのいい狭い器官を押し広げ、奥まで穿《うが》つ。

湿った粘膜を擦られ、瑞原は乱れた嬌声《きょうせい》をいくつも放った。

「はっ、あ、……あぁあ……っ」

根元まで挿入した状態で腰を揺すってやると、瑞原は頭を左右に振って、官能にまみれた声を出す。

「あ、……あっ、いい。いい」

「ここ、だろう?」

瑞原の細腰をしっかりと抱き、添嶋は瑞原のいいところを陰茎の先端で叩く。

「あああっ、やめてっ!」

さらさらの髪を振り乱し、瑞原は添嶋の二の腕を摑み、強く握り締めてきた。

感じて喘ぐ瑞原は、美貌に一段と妖《あや》しい魅力が加わって綺麗だ。

添嶋は何度も小刻みに腰を突き上げ、瑞原を惑乱するほど感じさせ、泣かせた。

「いっ、やっ……! あぁあ、感じる……!」

我を忘れたようにして、なりふり構わず声を上げる瑞原に、添嶋はますます昂揚《こうよう》する。もっともっと乱れさせ、自分以外には晒《さら》さない姿が見たくなる。

「ああっ、あ、あ、あっ」

抜き差しを繰り返して瑞原を喘がせながら、添嶋は瑞原の下腹部で揺れている屹立《きつりつ》を手で摑み、揉みしだく。

瑞原の前方もしっかり硬くなり、先端の隘路《あいろ》に透明な雫《しずく》を浮き出させている。

腰の抽挿に合わせて扱《しご》き立てると、奥からさらに先走りの液が零れてきて、添嶋の手を濡らした。

「いつもは自分でこうやって慰めるのか？」

瑞原が自慰をしているところなど想像もつかず、興味をそそられて聞いてみると、瑞原はますます顔を赤らめ、怒ったように添嶋を睨んだ。

「聞きますか、普通、そんなこと」

喘ぎながら言って手の甲で口を塞ぐ。

これ以上淫らな声を聞かれたくないとばかりだ。

「きみのことは、なんでも知っておきたいんだ」

添嶋は悪びれずに言い、瑞原の手を摑んでどけさせ、身を屈めて顔を近づける。

「い、嫌……っ、ああっ」

挿入の角度が変わった上に深くなり、瑞原は身を捩《よじ》って悶《もだ》え、仰《の》け反らせた顎《あご》の先をわななかせた。

「俺のものだ、朔也」

誰にも渡したくない。

添嶋は強く思い、愛情を吹き込むように瑞原の唇を塞ぎ、貪《むさぼ》った。

「う、う……うぅ……」

「愛してる」

自分でする必要もないくらいに、今後は添嶋の手で瑞原を満たしてやりたい。

「あぁ、和臣さん」

瑞原は添嶋の背中に抱きついてくると、自分からも唇を合わせてキスしてきた。

「……もっと、お願い、もっと感じさせてください」

「言ったな」

添嶋は覚悟しろよと不敵に笑い、いったん体を離して瑞原を俯《うつぶ》せにならせた。

「膝を立てて腰だけ上げて」

瑞原は躊躇《ためら》いがちに添嶋の言うとおりの格好になる。

シーツに横向きに寝かせた顔を、添嶋は優しく撫《な》でた。髪を梳《す》き、頬に触れ、耳朶を指でまさぐる。

「リラックスして、俺に任せろ」

　添嶋は瑞原を不安がらせないよう背中や腰に手のひらを這《は》わせながら、緩く開かれている太《ふと》腿《もも》の間にもう一方の手を差し入れる。

「朔也、もっと開いてみせろ。さっきの続き、したいだろう？」

「和臣さん」

　添嶋の言うままに瑞原は膝を左右にずらし、肩幅よりも大きく開いた。

　白い双丘の間が覗《のぞ》け、薄紫色の繊細な部分が露になる。

　まだ十分に湿っていたが、添嶋は潤滑剤をまぶした指を二本同時にそこにあてがい、襞を濡らして狭い入り口を掻き分け、ずっ、といっきに付け根までねじ入れる。

「あ、……んっ……！」

　先ほどまでこの程度ではなく嵩《かさ》のあるものを受け入れていた瑞原は、歓喜しながらも、どこかもどかしげな声を出す。

　きゅうっと貪婪《どんらん》に人差し指と中指を引き絞られて、添嶋は苦笑した。

「これだと足りないか。きみのここが文句を言っているようだ」

「そん、なこと」

　瑞原は綺麗な桜色をした唇を噛み、羞恥《しゅうち》と欲求が綯《な》い交ぜになった顔をする。

色っぽくて、添嶋は瑞原を少し焦らすつもりが、自分自身を焦らしている気分になってきた。

「すぐに挿れてやる」

瑞原の中を掻き回して蹂躙《じゅうりん》していた指を抜き、添嶋は膝立ちになって瑞原の腰を支え、慎ましく窄みかけていた秘部を昂ぶりで穿ち直す。

「ああっ、んっ、あ、……ううっ！」

勢いのついた激しい挿入に瑞原はシーツに爪を立て、添嶋を完全に受け入れてからも荒々しい呼吸を繰り返して肩を喘がせる。

瑞原の中は燃えるように熱い。

添嶋の猛《たけ》った陰茎を柔らかく濡れた内壁で包み、吸いつくように締めつける。

心地よさに添嶋は満ち足りた吐息を洩らした。

「朔也。きみの中は気持ちがよすぎて癖になりそうだ。毎晩こんなふうにしたくなる」

「……壊れます……」

瑞原はそっぽを向いて答えたが、嫌だと拒絶しはしない。

「きみをここに攫《さら》いたい。攫ってきて、できるだけ多くの時間顔を合わせたい」

添嶋はほとんどプロポーズと変わらぬ気持ちで瑞原に言った。

「僕のこと、あなたはまだほとんど知らないでしょう。なのに、もうそんな熱に浮かされたようなことを言うんですか？」

「ああ。悪いか」

　堂々と開き直って見せた添嶋に、瑞原が目を瞠る。

　実際、添嶋は瑞原に夢中だ。隠すつもりもごまかすつもりもない。

「きみみたいなタイプは、理由を言わないとなかなか納得しなさそうだな」

　添嶋はそんなふうに前置きすると、瑞原が抗議の言葉を発するのを封じるため、ゆっくりと腰を前後左右に動かしだした。

　浅く深く抽挿し、ときどき回して掻き混ぜる。

　そのたびにじゅぷっと湿った水音が淫猥《いんわい》にたち、瑞原を羞恥と悦楽で乱れさせる。

「んんんっ、あ、あっ」

「今日、きみが見せてくれた冷静さと度胸とテクニック、俺はもう、誰彼構わずきみを自慢して歩きたくなるほどだった」

　腰を揺すりながら添嶋は言う。

「嫌だ、ああっ」

「うかうかしていると、どこの誰にきみを奪い去られるかわからない。だから、きみの気持ちが俺にあるうちに、俺のところに攫ってきたい」

「僕なんかにそんなこと言うのは、あなたくらいのものです」

「うんと答えてくれないか。愛してる。俺のものになって欲しい」

「もう、なってる……、なってます」

どうやらそれが照れ屋で意地っ張りな瑞原にできる、最大限に譲った返事らしい。

添嶋は「まぁいいか」とにっこり笑い、瑞原の火照《ほて》った頬にキスをした。

「あぁ」

最奥を突かれ、瑞原が悲鳴とも嬌声ともつかぬ色めいた声を上げる。

下腹の屹立を確かめると、瑞原のそこはべとべとに濡れていた。

添嶋は淫液《いんえき》を指で掬《すく》い取り、ツンと勃《た》った乳首に擦り付け、摘んだり擦ったりして弄《いじ》る。

「あっ、あ、やめて」

左手で胸を責めながら、右手で股間を刺激してやると、瑞原は堪らなさそうに身を揺すり、シーツにしがみついて悶えた。

「あああ、そんなにしたら、出るっ、出る、和臣さんっ」

射精感を訴え、狼狽《うろた》えて哀願する瑞原を添嶋は追い詰めた。

後孔を抜き差しするスピードを上げながら、陰茎を握って扱き立てる。

「ああ、あぁあっ、いやっ、いや……っ！」

最後は瑞原も自分を制御できなくなった様子で、今までにないほど激しい喘ぎ声を上げ、髪を振り乱す嬌態《きょうたい》を見せた。

「朔也……！」

添嶋も瑞原の中で禁を解く。

「はっ、あ、あぁぁ」

内股を震わせながら瑞原は添嶋の手とシーツに白濁の飛沫《しぶき》を放った。

「……ううっ」

そのままガクッと横倒しに腰を沈める。

添嶋は瑞原の上体を膝に抱きかかえると、はぁはぁと息を荒らげて喘いでいる唇を優しく吸った。短く何度も吸って、愛情を伝える。

「和臣さん」

次第に息を整えてきた瑞原は、何度めかわからない添嶋のキスを受け、うっとりとした顔をして、眩《まぶ》しいものでも頭上にあるように添嶋を見上げる。

「僕はあなたを捕まえたんですか？」

「ああ。見事にな」

添嶋は瑞原の美貌をつくづくと見下ろし、潔く認める。もっとも、添嶋はかつて一度も瑞原の前で見栄《みえ》を張ったことなどない。惚《ほ》れているのは最初のときからあからさまにしていたつもりだ。

「でも、あなたも僕を捕まえているんだから、おあいこです」

こんなふうに素直になるのは気恥ずかしいのか、瑞原は早口に言うと添嶋のうなじに手をかけ引き寄せた。

しっとりとした粘膜を触れ合わせ、キスをする。

「操縦している間中、あなたに後ろから励まされている気がしていました」

名残《なごり》惜しげに唇を離し、瑞原は囁くように告白してきた。

長い睫毛が揺れ、黒い瞳に影を落とす。

瞳に映っているのは添嶋自身だ。

「……気のせいではなかったんですね」

添嶋は言葉で何か返す代わりに瑞原の瞼《まぶた》に口づけをした。

Ⅶ

離陸後およそ二十分が経過した。

水平飛行まであと僅かだ。

そのとき、水平尾翼タンクの燃料を消費したことを示すメッセージが計器に表示された。

「瑞原、燃料ポンプ、オフ」

機長のオーダーに従い、瑞原は燃料ポンプを「ＯＦＦ」にする。

続いて、最初に設定された巡航高度に達する千フィート前まできたので、瑞原から機長に、

〝one thousand level off〟

とコールして、三万フィートの手前であることを確認した。

やがて機体は自動的に水平飛行になった。

離着陸時の「サイレント・コックピット」状態が解除され、それまでのピリピリしていた雰囲気が若干緩む。

「瑞原、もう言われ飽きてるだろうが、この前の胴着はよかったな」

「ありがとうございます。日頃の訓練があったからこそ、落ち着いてやれたのだと思います」

今回のサンフランシスコ便は、初めて顔を合わせる機長と組んでの乗務だ。だが、機長は瑞原を014便の一件で知っていたようで、ディスパッチャーとの打ち合わせ中から瑞原に一目置いた言動を示してくれていた。

「そういえば、きみ、結婚しているんだな」

瑞原の左手に視線を流して機長が聞く。ブリーフィングのときから気づいていたようだが、聞くきっかけが今までなかったらしい。

「はい」

瑞原はさらっと答えた。

「へぇ。きみは独身という噂だったが。知らない連中も多いんじゃないか。CAの中には密かに狙《ねら》っている子もいるようだから、その指輪を見たらがっかりするだろう。つい最近のことなのか？　式はこれから？」

興味津々の機長に瑞原は苦笑する。

「式はしません。籍も入れないんです」

「ははぁ。ときどき耳にする事実婚というやつだな」

まぁ形式に拘《こだわ》らないのはいいんじゃないか、と機長は続けた。

そこに、ＣＡが食事は何にするか聞きに来る。

機長は瑞原との会話を切り上げて、ＣＡとお喋りし始めた。

この便にはもう一人機長が乗務しているが、彼の方は無口な質《たち》らしく、瑞原とも最初に挨拶を交わしただけで、後は静かに瑞原の後ろのオブザーバー席に着いていた。じきに操縦席にいる機長と代わって瑞原の隣に来るだろうが、彼とはあまり話さずにすみそうだ。瑞原は相変わらず喋るのは不得手だった。

ＣＡがコックピットを出た後、再び操縦席の機長が話しかけてくる。

「そういえば、渡貫キャプテンはしばらく休んで治療に専念するらしいな。私生活でのストレスとパイロットの激務で心身共に疲労がたまっていて胃に穴が空きかけていたそうじゃないか。俺たちも気をつけないとな」

「はい。そう聞いています。あまり大事に至らずよかったです」

瑞原もそれとなく綿貫を気にかけていたので、聞かされたときには安堵した。

今は公私共に不安な要素は見当たらない。

これも添嶋のおかげだと瑞原は思いつつ、三万フィート下のビル群の中にいるであろう恋人の颯爽《さっそう》とした姿を頭に描き、微笑《ほほえ》んだ。

※

松菱重工航空事業部の一般航空機部部長室で窓辺に立っていた添嶋は、上空を横切っていくB747を見て目を眇め、あれは国内路線の飛行機だなと胸の内で呟いた。今日からサンフランシスコに出張の瑞原が乗務した便ではない。

部長室のドアがノックされ、秘書の中島《なかじま》が入ってくる。

「添嶋部長、コーヒーをお持ちしました」

「ああ、ありがとう。悪いね」

添嶋は窓辺から執務机に戻って回転椅子に腰を下ろすと、肘掛《ひじか》けに腕を突いて胸の前で手を組み合わせた。

「あら、部長、失礼ですが、まさかそれ……」

目敏《めざと》い彼女はさっそく添嶋の左手に気がついた様子だ。

驚きを隠さず目を瞬かせる。

「ご結婚されたんですか……？」

「宗旨替えせざるを得ない相手を見つけてしまってね」

社内では添嶋は結婚しない主義で通っていた。

「まぁ」

美人で有能な秘書の中島は、そこから言葉がしばらく見つからないようだった。それほど意外だったのだろう。

しかし、やがて、心を込めた口調で「おめでとうございます」と言ってくれた。

「ありがとう」

添嶋は嬉しいと感じている気持ちをそっくり声に出して答えた。

「これから毎日ご帰宅が早くなりそうですね」

中島はようやくいつもの調子を取り戻し、優雅に微笑みながら添嶋を冷やかすように言った。

「いや。それはないな」

「奥さまもお忙しい方なんですか？」

「休みを合わせるのも大変だ」

それは大変ですね、といくぶん気の毒そうに同情される。

「ようやく合わせられたお休みの日は、どんなふうに過ごされるご予定なんですか？」

彼女は添嶋のプライベートに関心があるらしい。想像しづらいからだろう。

「次は映画に誘ったよ」

「何をご覧になるんですか？」

添嶋は肩を竦《すく》め、さぁね、と笑ってみせる。

「航空パニック系の作品ならば、きっとなんでもいいと言うんじゃないかな」

そう続けたとき、添嶋の頭に浮かんでいたのは、初めて映画館で見かけたときの瑞原の姿だ。

添嶋の前に立ってチケットを買う順番待ちをしていた瑞原のほっそりとした後ろ姿。

頭の中の瑞原は、数歩先を歩いて立ち止まり、おもむろに添嶋を振り返る。

視線がぶつかって、二人はしばらく見つめ合う。

そしてその後同時に少し照れくさそうに微笑して、どちらからともなく相手に近づいていき、肩を並べて歩きだすのだ。

あとがき

今回は航空業界に携わる二人の話をお届けすることになりました。大企業の若手幹部社員と副操縦士という組み合わせです。

以前地方都市に住んでいたとき、しばしば飛行機に乗る機会があり、パイロット関連の話を書くことに憧れがあったのですが、実際に小説の舞台にするとなると難しそうで腰が退けていました。それがある日、担当様とお喋りしているうちに「パイロットかっこいいですよね～」「次はパイロットものどうですか」という流れになりまして、勢いでプロットを出したのが本作です。

担当様と一緒に取材に行ったのも初体験で、暗闇を手探りで進むような感じで執筆しましたが、少しでも楽しんでいただける作品になっていれば幸いです。

せっかくちょっと（本当にちょこっとだけですが）業界に明るくなりましたので、機会があればまたロイヤル航空を舞台にしたお話を書ければいいなぁと思っています。添嶋《そえじま》と瑞原《みずはら》のその後もですが、ちらりと登場した北河原《きたがわら》ももう少し掘り下げてみたい気がします。

イラストは麻々原絵里依《ままはらえりい》先生にお世話になりました。

ラフをいただいたときから、添嶋のかっこよさと、可愛くむすっとした瑞原がツボで、まさに私が思い描いていたとおりのキャラクターに感激しました。スーツはもちろんなのですが、なんといってもパイロットの制服が萌えです。飛行場やコックピットなどの背景もとても素敵で嬉しかったです。本当にどうもありがとうございました。ぎりぎりの進行でご迷惑をおかけし、申し訳ありませんでした。

本作を執筆した直後、たまたままた飛行機に乗る機会があって、離陸と着陸のとき今頃コックピットではこんなふうな動きがあっているんだろう、と想像していました。次はぜひ海外に行きたいなぁと思います。そのためにもお仕事をサクサクと進めなければ、です。次回作もがんばりますので、どうぞよろしくお願いいたします。

文末になりましたが、この本の制作にご尽力くださいましたスタッフの皆様に深くお礼申し上げます。今後もご指導のほどよろしくお願いできれば幸いです。

それでは、またお目にかかれますように。

遠野《とおの》春日《はるひ》拝

参考文献
・「ジャンボ・ジェットを操縦する」岡地司朗著　講談社
・「機長の一万日」田口美貴夫著　講談社
・「機長からアナウンス」内田幹樹著　新潮社

この本を読んでのご意見、ご感想を編集部までお寄せください。

《あて先》〒105−8055　東京都港区芝大門2−2−1　徳間書店　キャラ編集部気付
「華麗なるフライト」係

Chara

華麗なるフライト

【キャラ文庫】

■初出一覧

華麗なるフライト……書き下ろし

2007年7月31日　初刷

著者　遠野春日

発行者　市川英子

発行所　株式会社徳間書店

〒105-8055　東京都港区芝大門2-2-1

電話048-451-5960（販売部）

03-5403-4348（編集部）

振替00140-0-44392

印刷・製本　図書印刷株式会社

カバー・口絵　近代美術株式会社

デザイン　海老原秀幸

ISBN978-4-19-900448-3

好評発売中

遠野春日の本

【高慢な野獣は花を愛す】

イラスト◆赤りょう

一人でカフェ兼花屋を切り盛りする美貌のオーナー・朋敦《ともあつ》。その店に連日押しかけてくるのは、ヤクザまがいの男・野津《のづ》──朋敦に不当な立ち退きを迫る青年実業家だ。初めて会ったその日に脅しで強姦してきて以来、朋敦に屈辱的なセックスを強要していた野津。けれど昼に夜に抱かれるうちに、刻まれる快感に身体だけは溺れてゆき…!?　花は獣に散らされる──ハード・エロティックLOVE。

好評発売中

遠野春日の本
【ブルームーンで眠らせて】
イラスト◆沖麻実也

洗練された美貌と優雅な指が作り出す、幻想的なカクテル——。この人を絶対堕としたい!!　大手建設会社の若きエリート・姫《ひめ》野《の》清《きよ》爽《あき》が、初めて欲望を煽られた男——それは、バーテンダーの青木《あおき》瞬《しゅん》だ。けれど青木は、姫野のアプローチも大人の余裕ではぐらかすだけ……。ところが強引にデートを取り付けたある日、「俺が自制しているのがわからないか？」と突然強く抱き締められ…!?

投稿小説★大募集

『楽しい』『感動的な』『心に残る』『新しい』小説——

みなさんが本当に読みたいと思っているのは、どんな物語ですか？　みずみずしい感覚の小説をお待ちしています！

•応募きまり•

[応募資格]

商業誌に未発表のオリジナル作品であれば、制限はありません。他社でデビューしている方でもOKです。

[枚数／書式]

20字×20行で50～100枚程度。手書きは不可です。原稿は全て縦書きにして下さい。また、800字前後の粗筋紹介をつけて下さい。

[注意]

①原稿はクリップなどで右上を綴じ、各ページに通し番号を入れて下さい。また、次の事柄を１枚目に明記して下さい。
（作品タイトル、総枚数、投稿日、ペンネーム、本名、住所、電話番号、職業・学校名、年齢、投稿・受賞歴）
②原稿は返却しませんので、必要な方はコピーをとって下さい。
③締め切りは特別に定めません。採用の方にのみ、原稿到着から３ヶ月以内に編集部から連絡させていただきます。また、有望な方には編集部からの講評をお送りします。
④選考についての電話でのお問い合わせは受け付けできませんので、ご遠慮下さい。
⑤ご記入いただいた個人情報は、当企画の目的以外での利用はいたしません。

[あて先]

〒105-8055 東京都港区芝大門2-2-1
徳間書店 Chara編集部 投稿小説係

投稿イラスト★大募集

キャラ文庫を読んで、イメージが浮かんだシーンをイラストにしてお送り下さい。キャラ文庫、『Chara』『Chara Selection』『小説Chara』などで活躍してみませんか？

•応募きまり•

[応募資格]

応募資格はいっさい問いません。マンガ家＆イラストレーターとしてデビューしている方でもOKです。

[枚数／内容]

①イラストの対象となる小説は『キャラ文庫』か『Chara、Chara Selection、小説Charaにこれまで掲載された小説』に限ります。
②カラーイラスト１点、モノクロイラスト３点の合計４点。カラーは作品全体のイメージを。モノクロは背景やキャラクターの動きの分かるシーンを選ぶこと（裏にそのシーンのページ数を明記）。
③用紙サイズはＡ４以内。使用画材は自由。

[注意]

①カラーイラストの裏に、次の内容を明記して下さい。
（小説タイトル、投稿日、ペンネーム、本名、住所、電話番号、職業・学校名、年齢、投稿・受賞歴、返却の要・不要）
②原稿返却希望の方は、切手を貼った返却用封筒を同封して下さい。封筒のない原稿は編集部で処分します。返却は応募から１ヶ月前後。
③締め切りは特別に定めません。採用の方にのみ、編集部から連絡させていただきます。また、有望な方には編集部から講評をお送りします。選考結果の電話でのお問い合わせはご遠慮下さい。
④ご記入いただいた個人情報は、当企画の目的以外での利用はいたしません。

[あて先]

〒105-8055 東京都港区芝大門2-2-1
徳間書店 Chara編集部 投稿イラスト係